叶辛

乡愁文丛　王剑冰　主编

我的山乡情

叶　辛　著

中原出版传媒集团
大地传媒

大象出版社
·郑州·

图书在版编目(CIP)数据

我的山乡情 / 叶辛著.— 郑州 : 大象出版社,
2017. 5
(乡愁文丛 / 王剑冰主编)
ISBN 978-7-5347-9220-5

Ⅰ. ①我… Ⅱ. ①叶… Ⅲ. ①散文集—中国—当代
Ⅳ. ①I267

中国版本图书馆 CIP 数据核字(2017)第 072858 号

乡愁文丛
王剑冰 主编
我的山乡情
叶 辛 著

出版人 王刘纯
策 划 王刘纯
责任编辑 李建平
责任校对 李婧慧
装帧设计 王莉娟

出版发行 大象出版社(郑州市开元路 16 号 邮政编码 450044)
发行科 0371-63863551 总编室 0371-65597936
网 址 www.daxiang.cn
印 刷 北京汇林印务有限公司
经 销 各地新华书店经销
开 本 787mm×1092mm 1/16
印 张 15
字 数 147 千字
版 次 2017 年 5 月第 1 版 2017 年 5 月第 1 次印刷
定 价 32.00 元

若发现印、装质量问题,影响阅读,请与承印厂联系调换。
印厂地址 北京市大兴区黄村镇南六环磁各庄立交桥南 200 米(中轴路东侧)
邮政编码 102600 电话 010-61264834

找得到灵魂家园，记得住美丽乡愁

——“乡愁文丛”总序

王剑冰

我们强调保护中国的传统文化，而传统文化当中就有乡愁。乡愁是中国人热爱家乡、牵念故里的独特情结，是一种美好自然的文化观念。社会越是变化、越是浮躁，这种情结就越显珍贵。乡愁也是一种寻根意识，记住乡愁，记住美好的童年，记住美好的向往，也便是铭记我们的根本。

我们每个人都是故乡的一片叶子，这片叶子无论飘落多远，都无法摆脱大树对于叶子的意义。一个人的身上总有着故乡的脉络，流着故乡的血，带着永远不可改变的DNA。一个个的人也可以说是一个个村子的化身，他们走出去，分散得到处都是，却不会把村子走失。

说起乡愁，那是一种与生俱在的情怀，住在心中的故乡常常鲜活在那里。故乡是安放你的灵魂、温暖你的寂冷的地方，是接纳你的疲惫、抚慰你的忧伤的地方。翻开一页页被繁忙弄乱的过往，记忆中的余香总在儿时的故乡。那里有我们最亲密的玩伴、最爱吃的食物、最漂亮的衣衫、最天真的憧憬。而芬芳入梦的，多是亲人亲切的面容与温馨的相聚场面。那些亲人或已故去，或还在乡里。现在多数人对故乡的感觉同对年节的感觉一样，那种热闹团圆、香气弥漫的味道是乡情中最重要的部分。“每逢佳节倍思亲”，所以归乡最多的时刻是年节，带着满满的怀想、满满的辛苦，万水千山相携于途，构成最为壮阔的乡愁景观。古往今来，人们因为各种缘由漂泊在外，但总是要找机会赶回故里。金圣叹曾列举“不亦快哉”之事，其一即是“久客得归，望见郭门，两岸童妇，皆作故乡之声”。然而他们的欢喜中又带着那种“近乡情更怯，不敢问来人”的复杂心理。漫长的时光已然流逝，乡愁的话题始终没有停息，情怀早已渗透于诗歌典章，直至后来，还有余光中、三毛、席慕蓉不约而同地同题《乡愁》。

诚然，远在故乡之外的游子，生发的多为眷念之情，即使老杜有“漫卷诗书喜欲狂”“便下襄阳向洛阳”的返乡之举，回到家乡也还是要再出去，因“莼鲈之思”而辞官归返的张季鹰毕竟是少数。还有，余光中的《乡愁》或代表了一些人对于故乡的认知，那就是故乡即是母亲（或双亲）的代名，对于故乡的怀念即是对于母亲的怀念，回故乡即是为了看母亲，母亲不在了，故乡的概念便模糊起来。随着生活的变化，有人也不可避免地遇到了回乡的矛盾，记忆与现实发生了冲突，那种期待值与仪式感渐渐折损，许多美好已然变成了永久的追忆。所以有人会说：“我是真的爱家乡，不过爱的可能是记忆里的家乡。”确实，没有一成不变的事物，这是时间所带来的不可逆转的事实。然而不可逆转的还有那份强烈的牵绊，永恒的顾念并未因此而中辍，情感的执拗还是同那些疏离与怨怼扯断了关联。生生不息地以文字表达出来的乡愁，也成为中国文学中一个特有的传统。

作家们大都已离开生养自己的故土，但我们却能看出那种深深的乡愁情结，这其中有写生养自己的故乡的，也有写生活过的第二、第三故乡的，还有赞美如故知的他乡的。文丛中，地域山水皆有代表，民俗风情各具特色，多方位地展现出人与历史、人与环境的关系，彰显对亲人故土的真挚情怀以及对世态人生的深切感慨，给我们带来亲近，带来回味，带来启迪，让我们感受到温馨而深挚、苍郁而辽阔的文字力量。

我们说，在意乡俗年节，提倡尊崇温情，爱护碧水蓝天，留住美好记忆，是和谐社会建设的内容之一，也是复兴民族文化的核心之一。这样会把我们赖以生存的环境保护和建设得愈加贴近期待与理想，也会使我们愈加容易找得到灵魂家园、记得住美丽乡愁。大象出版社倾心打造这样一套阵容壮观的“乡愁文丛”，就是带有这样的初衷。该文丛是具有欣赏性、研究性、珍藏性的文学工程，也是一种文化的记忆与期望。“故乡今夜思千里，霜鬓明朝又一年。”随着时间的挥手远去，这种记忆与期望会愈加显现出它的意义。

2017年初春

目 录

002

第一辑　插队生涯

插队落户的第一天

四十二年了，我始终说不清楚，哪一天算真正的上山下乡的第一天。1995年，在出版《叶辛文集》十卷本时，我写过一篇序言:《三个三十一日》。把1969年3月31日离开上海的那一天，算作插队落户的第一天。后来一起上山下乡的伙伴提醒我，说你应该把到达贵州的那一天当作插队落户的第一天，因为你的双脚踏上了贵州的土地。马上又有知青说，插队落户，是插在农村生产队里，只有到了寨子上，才能算插队落户的第一天。

乍听之下，似乎都有道理，细想想呢，又有些牵强。由此也可以看出，所谓回忆性质的文章是多么靠不住。究竟哪一天算第一天，这么简单的问题就有三个说法。而回忆我的插队生涯，似乎又必须从第一天写起，才能算有始有终。

想来想去，还是按我原先的思路，就从离开上海的第一天写起，写到我的双脚踏上砂锅寨的土地，至于究竟哪一天算上山下乡的第一天，还是让读者诸君去作判断吧。

我坚持把离开上海这一天算作第一天，是因为这一天对于我来说最为难忘。

记得我是在上海市中心紧挨着南京东路的贵州路培光中学操场上的公共汽车。这是巧合还是有某种象征意义，我说不上来了，得不少贵定人站在马路两旁围观。知青们分别站在卡车车厢的两侧，看见前面的卡车已经沿着弯弯拐拐的盘山路攀上岭巅，而后面的卡车还在峡谷深处缓缓爬行。当卡车翻越山巅最高处的公路时，俯瞰峡谷里的车子，简直就似火柴盒子在缓缓移动。这情形一次次引得从来不曾见过的男女知青们的阵阵欢叫。

新奇感和刺激感过去以后，山路的颠簸开始折腾人了。一些女知青先有了呕吐症状，一两个小时以后，不少人都有了晕车的感觉。

近午时分，我们的车队绕过贵阳城边，前往修文方向的车队便和安顺方向的分开了。我贪婪地瞅着贵阳近郊的景色，只看见路旁全是二三层楼高的房子，五六层楼的房子，算是高的了。

又经过两小时的车程，车上有人叫：修文县城到了！我们又往外望，只见县城的街道两边，稀稀拉拉站了一些人，在向我们招手表示欢迎，还有人用上海话向我们叫：你们好！

当卡车再次加速，驶出修文县城时，我们发现，浩浩荡荡的车队，这会儿只剩下四辆卡车了。原来其他的车，都朝自己插队的区和公社驶去了。我们这四辆卡车，载着 60 个知青和行李，驶往我们的目的地——久长人民公社。

气温陡然降了下来，迎面吹来的风，寒冽冽的，飘雪花了。这就是我的文学小传里写的：迎接我们的，是一场倒春雪。

抵达久长街，天擦黑了。我们在街口一家饭店里围桌吃了一顿晚饭，光线晦暗，我吃了一大碗汤泡饭，就上饭店二楼，被安排在一张靠墙的单人床上，睡了一晚。

第二天起床吃过早饭，站在十字路口等待卡车送我们去往村寨上时，我抬头一看，昨晚上我们吃饭、睡觉的饭店，竟然是一座歪歪斜斜的大茅草房！

而当卡车把我们送到沙砾公路边，几十个老乡面对我们的一大堆行李，挑的挑、抬的抬，沿着田间小路，把我们六个在同一生产队落户的知青引到一幢泥墙开裂的茅草房前，指着牛屎敷的门告诉我们，这就是我们的住处时，我们都暗自愕然地面面相觑，一句话也说不出来了。

插队落户的第一天，就这么开始了。

初 到 山 寨

我插队落户的生产队叫砂锅寨。这是修文、开阳、息烽交界之处的一个远近闻名的大寨子。沿着沙砾公路，再往前走三里地，就是有名的开阳磷矿的716矿，那里有专为工人们建的宿舍楼，老乡们称为新寨。而沿着贵遵公路往前走上十几里地，便是息烽县界。闻名全国的息烽集中营，就在30多里地外。“文革”以后引起全国瞩目的张露萍烈士被杀害的阳朗坝松林，就在那一片山岭之间，从砂锅寨走小路过去，只不过十来里地。在我们插队落户的10年期间，阳朗坝火车站附近的村寨，都还没通电。小站上的铁路员工给火车上发信号，都是拿着信号灯使劲挥动手臂。

叙述这些细节，只是想如实地告诉今天的读者，40多年前砂锅寨所处的偏远和闭塞。

倒春寒没持续多久，我们到达砂锅寨的第二天，4月5日，天就放晴了。生产队里也不出工，村寨上显得特别静。

我们铺好了床，架好了帐笼，找到了该干的事情：按照上海“文化大革命”时兴的做法，在山寨上刷写大字标语。提着一桶石灰水，我在田埂上刷写了一条还有点意思的标语：重新安排修文河山！刷完了觉得字写小了，于是又爬上半坡去，书写了每个字足有一人大小的标语：不到长城非好汉！这条标语把我给写累了，直写到天近黄昏才结束。

三天以后，劳动生活开始了。挑灰、担粪、耙田、铲田埂、敷田埂、在砖瓦窑上做小工、打煤巴、薅秧薅苞谷、挞谷子、挖洋芋……农活繁多而琐细，生产队长派我们干啥子活路，我们就学着做。

记得男知青干得最多的活，就是担猪粪、牛粪，从各家各户的猪圈、牛圈中，把粪草挑到生产队集体的大田里肥田。这农活没啥技术性，不过就是挑得多少而已。对于我们来说，干这活路简直是活受罪。不是粪草重，而是那一股难闻的恶臭味，让我们初进猪圈、牛圈的人都极为不习惯。那年头男知青都时兴穿流行的白色网球鞋，穿上白色网球鞋出工的男知青只钻进圈里装了一担粪，鞋面上已经沾满了粪水，变得不堪入目了。我是直到两三个星期之后，才习惯了猪圈、牛圈里那股沤烂了的粪草散发出的臭味的。当然，我们很快就发现了，只有穿上半高筒的胶鞋走进猪圈、牛圈才最为合适。用钉耙把黑臭的粪草装进高挑粪筐，沉甸甸地压上肩头，跟着出工的男社员，把粪草倒进田头。沿田埂的田边倒满了，必须把粪草倒进田当中。打着光脚板的农民们挽起裤管，直接走进水田里去，我们穿着鞋的，必须脱掉鞋袜，才一脚深一脚浅地走进田中央，把粪草倒掉。生产队的水田有远有近，队里规定：离寨子近的水田，半里地之内的，一天必须挑满30担粪草，才能算一个劳动日，计10分；半里到一里之间的，得挑满17担粪草；一里到二里之间的，得挑13担；三里地以上的，得挑满7担。

和挑粪草相比，铲田埂上的杂草、敷田埂费不了那么多脚力，但是得从早到晚光着脚，站在水田里。春暖花开时节，这活儿不算重。可遇到早春时节，或者是阴冷天，站在冰冷刺骨的水稻田里，那滋味儿更难以忍受。贵州农民从水田里干完活，回家洗净脚喜欢坐在火塘边烤火，很多人上了年纪，都患上了严重的关节炎。我每次洗净脚，坚持用凉水抹拭，如今上了年纪，没患上关节疼痛的病，还得感谢母亲来信对我的及时提醒。

除了农活，农闲时节，我们知青干得最多的，就是到砖瓦窑上干小工活，踩泥巴，打煤巴，装窑，出窑。其间最苦的，是烧窑期间挑窑田水。窑田在高处，水源在低处，挑满两大桶水，就得往上攀。三五桶水一挑，我就浑身乏力。从早挑到晚，收工后回到茅草屋里筋疲力尽，躺倒在床，一动也不想动了。

最难忘怀的劳动，是我随着挖煤的汉子们钻进煤洞里去挖煤炭。煤洞里又深又长又潮湿，整整有400多个脚窝。当我费尽力气，在煤洞深处装满一小船煤时，身上穿的衣裳已经里外湿透了。套上拖煤的绳子，咬紧牙关，一步一个脚窝地死死踩住，把200来斤的一船煤往外拖时，只觉得浑身的骨头架子全抽紧了。我拼尽全身力气，花了几乎一个小时，才把这一船煤拖出煤洞。里外三身衣裳沾满了泥巴、水和煤灰，我在地上坐了好几分钟，才回过神来，眼睛开始适应煤洞外强烈的光线。再次钻进煤洞，我也像所有的挖煤汉子一样，脱光了所有衣裳，打着光洞洞，挖煤、拖煤。当然，天近黄昏时，我浑身上下的煤灰、泥巴、脏水，跳进小河沟里洗了几乎一个小时，才洗干净。

在山乡里干农活，就得付出劳动力；付出了劳动力，才能评上工分；有了工分，秋后才能分到粮食、折算工分款。正是感叹从早到黑的生活，全由日出而作，日落而息的内容组成，我才在劳动中听到了老农跟我说的“山坡是主人是客”的俗谚。也正因为把这句话牢牢地记在心头，才会有我四十年后写作的长篇小说《客过亭》的书名。

不过，这是后话了。

在砂锅寨的日子

插队落户，同样要过日子。

过日子，就少不了吃喝拉撒睡。

而柴米油盐酱醋茶这开门七件事，也成了我插队落户生涯中天天要考虑的问题。

饭是天天要吃的，吃饭少不了米。在上海时，我们当学生的，什么时候管过米从哪里来？要煮饭了，到米缸里去舀。米缸里没米了，拿着粮票去家附近的米店买。

插队第一年，每个知青每月定粮 40 斤，并配发 10 元钱。知青点上没米了，我们就去久长公社粮店买米，买了米，请生产队上的马车顺便带回来，这是极为方便的。

插队第二年，定粮和钱都没有了。我们的米，用秋后分的谷子到米机房打。而谷子送进米机里打之前，必须晒干晒透。晒得不干不透，打出来的米都是碎的，煮出饭来不好吃。而秋后分给我们的谷子，只够我和妹妹吃半年。另外半年怎么办呢？只得靠上海寄全国粮票来，到公社粮店买米吃。1973 年，妹妹已经调回上海，我一共只分到 140 斤谷子，打的米只够吃三个月，写信给上海的亲友催要粮票，成了我经常做的事。亲友也没这么多富余的粮票啊，为了不让我挨饿，他们只能悄悄去票证市场购买。

于是我也知道了，上海粮票那年头是 8 分至 1 角钱一斤，而全国粮票，则要贵一点。在贵州插队的上海知青，几乎也全晓得，贵州粮票是 3 角一斤，而全国粮票是 3 角 5 分。

有了米，还得要有水，才能煮成饭。水从哪里来，从水井里挑来。砂锅寨 56 户人家，300 多个男女老幼，共有两口水井。一口水井离我们知青点茅草屋近，就在寨门口的堰塘边，大约走一百几十步路。

这是砂锅寨老乡用溜滑平整的青石砌成的一口四方井，井水则从离开寨子约莫三里地的三岔口崖洞里引出来。崖洞里一年四季不间断地淌着一条阴河，砂锅寨人的祖先就将阴河水从专为其修砌的水渠里引来，顺着水渠，一直淌进四方井。这条顺着山坡的走势缓缓而淌的水渠，就修在田埂边上。两边的田埂上绿茵茵的一片，各种水草长得特别茂盛。初来乍到的知青们不知情，有时候沿着田埂，就会走上去。这时候便会遭到砂锅寨老少的呵斥，不论吼你的是老人还是娃崽，呵斥你赶紧退出来之后，会告诉你，这是专通四方井的水渠，不要去踩，弄脏了井水。哪个不想喝干净水啊，遭到呵斥，知青们从今往后便明白了，那条水渠是踩不得的。

四方井修砌得十分科学合理，阴河里淌来的清水漫上来了，就会通过井壁上的一条小渠，流到挨着井边挖的一口大堰塘里，大堰塘里的水满了，就会沿着堰塘坎下的一条水渠，流到寨子外头的一条河沟里去。

我这么一说，读者想必明白了，这口四方井，是 300 多砂锅寨人的水源，也可以说是生命线。家家户户吃喝的水，从四方井里挑。平时需要淘米、洗蔬菜了，就在堰塘的上水口清洗。而洗衣裳、洗鞋袜，则在堰塘的下水口那边。这是不成文的规矩，比现今写在墙上的乡规民约还管事，没一个人会违反。

突然有一天，四方井里的水见底了，担着水桶到井边去，看着两丈深的井底巴着一层水，根本挑不着。而往常永不停息汩汩淌来的阴河水，只淌着像眼泪那么细的一小点，长长的水渠两边，泥巴都干裂得开了缝。

咋个办呢?

听从号召上山下乡的时候，我们做好了吃苦耐劳干繁重体力活的准备，可我们没想到，天天要吃的水会断流。没米吃我们可以求上海亲友寄粮票，没水喝也求人寄来？知青集体户里笼罩着一层烦闷的气息。

寨邻乡亲们也在连夜想办法。群众大会开到半夜，终于有一个八九十岁的老人想起来了，砂锅寨后街的石头院坝旁，在他小时候有过一口水井，后来不知为什么，井口用石板封起来了，不晓得那口井里还有没有水。

人命关天啊，管它有没有水，也得把井口先找到。散会了，全寨子的汉子们都拥到了石头院坝，有拿撬棒的，有带杠子的，燃起火把没费多大劲儿，就在比较潮一点的石头旁找着了井口位置，于是挑灯夜战，熬更守夜也要把救命水找到。

天亮的时候，好消息传来了，井口找到了，封住井口的大石板也被汉子们移开了，果真是一口井，果真有井水，只是那井水深，足有三丈深的井底，才见着一汪井水。

只要有水就成，深怕个啥，砂锅寨上自有能工巧匠，到了傍晚，井口搭起了架子，辘轳用长绳拴着水桶，吊起了第一桶清凉碧澄的水。

寨邻乡亲们兴奋得大呼小叫，奔走相告。我们赶紧拿上脸盆，去打水来煮饭吃。

愁过米，愁过水，其他的事情就不在话下了。屋头潮湿嘛，就烧堆火烤烤；上厕所臭嘛，男知青点一根烟解臭，女知青就紧闭嘴，屏住气；煤用光了，花 15 块钱拖一吨来，可以用上大半年呢！还有一件事，也是要求人的，那就是一天三顿饭，都得要有下饭的菜。

农民有自留地，吃菜从自留地上采。知青也有自留地，不是菜没长出来，就是栽了黄豆、苞谷、南瓜、洋芋，不能保证天天吃上菜。赶场天买菜，顺便买块豆腐，买只鸡，买点鸡蛋，对知青来说是常事。可买来的菜只能管两三天，管不了一周。菜买回来了，还得要有油啊，上海时有油寄来，可那远水解不了近渴。生产队里也栽油菜籽，插队好些年，我和妹妹两人只分到过一次，大约六七斤菜籽，榨到过两瓶油。

男女知青们聚在一起，经常讲的话题是：一块乳腐能不能下一碗饭，咸菜和辣椒哪一种更下饭，猪油泡饭是加一点葱花好吃还是不加好吃。

四十二年过去了，前几天在佛山的南海遇到几个离砂锅寨不远的 716 矿的工人，他们还给我提及：叶辛，你那时候赶十几里路到新寨来打酱油，请人帮忙买肥肉，你还记不记得？我说咋不记得呢，那是过日子呀。

最难忘的旅程

正因为在砂锅寨上过的是清贫的日子，经常随便吃点东西就打发一顿饭，不注意营养，我很快得到了报应，也引发了我这一辈子里最难忘的一段旅程。

记得，那回我是进省城贵阳去看牙。连续几个月的农忙劳动，插秧、挑粪、犁田、耙田、铲护田埂、下煤洞挖煤拖煤、上砖窑出砖踩煤巴、开引水沟，所有的活都是重体力劳动，每天收工回到集体户的茅草屋里，吃饭、洗脚一类事都不想做了，最大的愿望就是到床上睡觉。和我同一知青点的一位男生，几乎天天一收工，就拿一干净毛巾裹住脚，倒在床上就睡。如此繁重的劳动，对于我这个头一年下乡的上海青年来说，实在有点儿吃不消。但为了接受再教育，我还是坚持下来了。连续几个月的连轴干，又加上吃得比较简单，牙痛病就犯了。在这之前我从未患过牙痛，头一回尝到这滋味，痛得我整夜整夜地睡不着。晚上睡不好，白天干体力活一点没精神，农民们就会觉得我的劳动态度不好，心里一急，牙痛就更剧烈。在村寨上找了一些偏方来治，毫无效果；去卫生院看医生，卫生院没牙医。拖一段日子，我终于下决心到省城里去看牙。出发前一天，公社卫生院给我开了一张证明。

从开始似乎就注定了这是一次艰难的旅程。动乱的年头，省城里面到处都在打派仗。长途客车开往省城的公路边，每走一程就要遇上卡子，查看随身带的证明。车子开进省城三桥时，驾驶员和售票员突然惊慌地大叫："趴下，快趴下！"

话音刚落，"砰砰砰"传来了一阵枪声。一车的人吓得都缩到车窗下面不敢抬头。我长到十八九岁还是第一回听到真正交战中的枪声，可能是年少气盛吧，反而踮起脚跟往窗外望。瞅了一阵，才看清楚是盘踞在相对两座高楼上的"文攻武卫"战士们在对打。

当晚，借宿在省城市郊一座工厂的单身宿舍里，我那位同学的哥哥在这座内迁厂里当工人，他怕我这个外来者在混乱中出什么事情，第二天一清早，给我找了一点止痛药，说：城里都在武斗，商店纷纷闭门谢客，很多单位都不上班了，估计去了医院也看不成牙，还是回到偏僻的乡下安全。他劝我趁早离开这是非之地。我知道他是一番好意，匆匆吃过早点，顾不上进城去看牙，就往厂区开往省城的公共汽车站赶。到了车站，才知道因为武斗，所有的公交车都停了。从厂区到城里有12里路，步行大约一个小时，在乡间已经走惯了，我提着包往城里走去。一路走一路遇到各种各样盘查的卡子，对每一个行人都要查看证明，稍看不上眼就要拳打脚踢。我干脆把证明拿在手里，省了拿出拿进的麻烦。

这么查查走走，两个多小时才进入省城。一进城我就感到气氛骇人，马路两边所有的铺子都关着门，不高的楼层顶上都搭着临时工事，还有人头和黑洞洞的枪管子对着马路。我小心地绕着七弯八拐的小马路走了约莫40分钟，终于来到了长途客车站，只见站上大门紧闭，所有的售票窗口全关上了，周围一个人也没有，连可以问个口讯的人都找不到。我东张西望地走出一截路，好不容易在一个院子里看到一个老人，进去问他。他对我打量半天，大约认定了我不是坏人，才对我说：客车站成了战场，车子全开出去打派仗了，十天半个月都不可能恢复。我怔住了，在省城除了那个同学的哥哥，我什么人都不认识，可以说是举目无亲。我该如何回到自己插队的那个名叫砂锅寨的小村庄去呢？

“砰砰！”远处的高楼上又在响枪。形势和时间都不允许我细加思索，我整了整提包带子，决定尽快离开省城，走回山乡去。

说走就走，我不敢耽搁时间。前头一二十里路，我走得非常轻松自在。除了出城的时候遇到一个卡子，再没其他人来盘问过我。路过一个叫作沙子哨的镇子，我还停下来兴味浓郁地赶了一会儿场（在当地称乡场），买了点东西吃。走出三四十里路，脚下就感到沉重起来。先是觉得太阳晒得头昏眼花，我把这归罪于昨天一整日的奔波和夜里听到枪声没睡好觉，太疲倦了。继而迈步就有些费劲了，直想坐下休息，但我又想起惯于走长路的农民说的，在远行中尽可能不要坐下，一坐下再走更支撑不住。无奈，中午时分的太阳大，在认准走出了 40 里路之后，我坐到路边的几棵大树底下休息起来。开头只想休息个 10 分钟，哪晓得坐下以后就不想动，眼皮也沉重地耷拉下来，干脆躺倒在地上打瞌睡。刚躺下去的 5 分钟，只觉得浑身舒展，真是一种享受。可合上了眼睛，却又睡不着，想到还有漫长的 70 里路在等着我，哪里还能安心睡下去。半个小时之后，我下了最大的决心站起来，继续我的旅程。开头走的那几步脚软绵绵的，有一股头重脚轻之感，坚持走出了几十步，就好受一些了。但我一边走一边怀疑自己，能不能走完余下的 70 里路。我开始有些盼望，听到一些声音就环顾张望，巴望着身后会开来一辆汽车，好心的司机会允许我搭车。可我一次一次地失望了。大约因为城里在武斗，没一辆车开出来，我整整走了四五个小时，身后也没有开来过一辆车子。我已经感觉到自己比上半天明显地放慢了速度，一个小时再不可能走到十里路了。但我仍坚持走着，再不敢坐下休息。这样，拖着两条灌满了铅似的腿，我又走出了 30 多里路。这时候已是傍晚的 5 点来钟，离我插队的寨子还有 40 里左右，要在天黑前赶到公社是不可能的了，但我至少可以赶到扎佐。这地方是黔北的重镇，离砂锅寨还有 30 里。而这 30 里路，是我在这几个月里走过几回的，即使走夜路也不可怕。正这么自我安慰时，一场瓢泼大雨哗然而下，逼得我赶紧跑到路边的一幢茅草屋前去躲雨。

这户农家和贵州山乡的大多数农户一样，显然很穷，但主人听我说了遭遇，还是沏了苦丁茶要我喝。当地的农谚说：四川的太阳云南的风，贵州落雨当过冬。虽然是夏天，雨一落下来，我还是觉得冷，坐在农家的板凳上，真不想站起来走了。可时间不等人，雨下小了，乌云笼罩山头，天眼看着就黑了。真走回寨子，恐怕要半夜了！正在这么想着的时候，我看到公路上开过去一辆煤车，哦，这是扎佐煤矿的车，省城里在武斗，可乡间的煤矿仍在生产。我连忙放下杯子，向主人道了谢，直接走到公路上，一边慢慢往前走，一边期待着后面还有车子开来。一辆煤车开过去了，我向着车子招手，司机不理我。第二辆还是如此，以后的每一辆几乎都是如此。是啊，他们怎可能晓得我是一个快要走不动了的路人呢！我失望了，慢吞吞地往前走去，心里说，管他呢，就这样走吧，总能走到的。就在我已彻底失望的时候，我看到前面路边停着一辆煤车，我惊喜地跑过去，司机正在路边的小铺子里吃面条。我向他道出了自己的原委，并且打听明白他去的正是我插队的久长方向。于是我要求搭车，他向着我把手一挥，就同意了！ 30 里路，煤车只用了 20 分钟。我在久长下车的时候，下着霏霏小雨的天还没全黑呢！我从随身带的包里掏出一只硕大的毛主席像章，送给这个好心的司机。他笑了，向我连连点头。在那个年头，这是我能拿出的最好的礼品了。

这就是我的一段旅程，最难忘的一段经历。朋友，你说呢？

探 亲

插队落户干革命，扎根农村一辈子的上山下乡知青，从一开始就明确说明，这是与传统观念决裂，要革命到底志不移，是没有探亲假的。换一句话说，知青离开农村回到他原先的城市去，不给报销差旅费。

后来几年，插队的知青多了，纷纷反映，说插队知青和去国营农场、军垦农场的知青一样，都是听毛主席的话，为什么农场知青年年有探亲假，而插队知青反而没有。况且，插队知青一插到底，苦多了！

可能是这样的反映又多又强烈，各地的知青办也认同这样的说法，为了以后更好地动员毕业生插队落户，他们也不断地把插队知青的呼声反映上去。终于，好消息传来了，一个插队落户知青，一辈子可以享受两次探亲假期，由政府报销差旅费。由此决定也可以看出，当时的各级革命委员会确实希望知青们永远待在农村扎根的。

我这里写到的探亲，是发生在 1969 年冬天，插队落户的第一年，上面还没有宣布可以报销差旅费呢！

收了庄稼，冬翻了田土，砂锅寨上进入了农闲时节。周围大队、公社不时地传来知青们回上海探亲的消息。公社也放了话，知青们要回去探亲，让他们走。省得他们整天闲着，闹出点什么事儿来。

想到母亲一个人在上海的家里，我问妹妹：你回去吗？她说不回，她的一帮女同学都说离开上海不到一年，今年不回去了，但我想念上海，想念母亲。

于是就这么决定了，我要回上海探亲。消息传开，老乡们都拥来了，有的让我带海虎绒帽子，有的要我带花手帕、有机玻璃扣子，有的要我带半导体收音机，还有要我带中长纤维料子的……男女知青们也让我往家里传口信，顺便带回去一包瓜子、一袋洋芋粉、两斤黄豆的。临到我出发，已经满满装了一只小箱子、两只帆布旅行袋。我盘算着，右手提着小箱子，左肩上搭背两只旅行袋，重是重一点，走不长的路还能应付。从砂锅寨到久长街上，请马车顺道把行李捎到长途汽车站，长途客车来了，有妹妹和其他知青送上车。长途客车到了贵阳头桥客车站，出得站来就有公共汽车直达火车站。上了火车，我就放心了。到了上海，出站时付一角钱，就有平板车帮你把行李送到站口。最主要的是，我已打听清楚，贵阳实行了军管，秩序得到恢复，公交车运行了，夏天那种可怕的武斗已彻底平息，我可以放心大胆地走。村寨上还纷纷传言，到贵阳来的两广兵，骑着白马齐刷刷地进城，威风凛凛的，街道也整洁多了。连进城去卖洋芋、鸡蛋，设个摊都要管。

动身那天，一切都如我盘算的那样，临近黄昏时，我已安然坐在贵阳客车站的候车室内，恰好遇到三个在关岭县插队的上海长宁区知青，我们轮流着看行李，到马路对面的饭馆里吃了碗面条，算是对付了晚餐。

天黑下来，两个第二批去吃面条回来的知青，一脸沮丧地对我们说，回来路上碰到了勒索，被敲诈了 3 元钱。令我吃惊的是，拦住他们俩敲诈的，也是上海知青，他们说话轻声慢气，文质彬彬的，讲的是一口地道的上海话，在站前的广场上围住了他俩，旁边的贵阳人都以为是老乡在扯闲话。我的心陡然提了起来，暗自提醒自己不要离开候车大厅。恶果显示出来了，张春桥下令解散工读学校，让工读学校的学生夹在毕业生中间一起上山下乡。这拨人下乡以后纠集在一起，四处乱窜作案，把知青的名声都搞坏了。

列车晚点至下半夜，我们必须在候车大厅里多熬几个小时。10 点刚过，一批解放军走进大厅，要求所有在大厅里过夜的人出示证明和证件。那个年头，知青和农民一样，没有任何证件，我的身上带着一张大队会计开给我的证明，只是这张证明上没盖公章，盖的是大队会计的私章。盖私章的时候，大队会计对我说，夺权以后，所有的生产大队都没有公章，私章同样是管用的，你带着，全省通用。我将信将疑地带着这张证明上路，没想到这会儿真要出示了。一个操着广西口音的排长走到我们跟前，三个关岭知青说，证明放在旅馆里，排长叫过两个战士，把他们仨带走了，说要跟着他们去旅馆查看证明。我取出了大队会计的证明，排长问我为什么不盖公章，我把大队会计的话学了一遍，他把证明还给我，让我等着，他又去查看别的旅客了。我以为过关了，没想到 20 分钟以后，他又来到我的跟前，帮我提着箱子，让我跟他走。

到了站前广场上，只见一辆卡车，掀开了后篷帆布，停在那里。排长让我上车，并把箱子先放上去。我问要去哪儿，我要赶误了点的火车，他说你去了就知道了，会让你回上海的。

上了卡车，车就开了。时间已是半夜，马路上没有啥行人，约莫开出十几分钟，卡车开进了一个院子，让我和卡车上的十几个人走进一间屋子。一个解放军把我的证明和箱子、两只旅行袋扣在他那里，我空手进了那间没灯的屋子。

行李和证明被搜走了，我忐忑不安地站在水泥地上，从窗户望出去，只看见一株树的树梢，不晓得这是哪里。拘留所？收容所？看守所？同在黑屋子里的人，有的坐在地上打瞌睡，有的小声耳语，我毫无睡意，想着下半夜的火车，想着插队知青的命，想着那三个关岭知青，他们被关进来了吗？

一夜没合眼，天亮了，院子外头传来汽车声，公交车的开门声，我又冷又饿，更加焦虑地等待着。整整关了一晚上，还要把我不闻不问地关到什么时候啊？

开门了，小屋里的人一齐拥到门口，我站在窗口没动。进来了一个穿便装的中年人，叫着我的名字。我应声走到他跟前，他从头到脚打量了我一眼，让我跟他走。

走出门口，我回头望了一眼，关我们的那间屋门前有一块小牌子：接待室。

中年人把我带到门房间，指着地上的小箱子和两只旅行袋说：这是你的，没错吧？

我看了看，那三样东西几乎没动过，就点了点头。

中年人把大队会计那张证明递还给我说：以后别拿出来了，没用。你走吧，坐今晚的火车走。

我小心翼翼地揣好那张证明，先搭背起旅行袋，又提着小箱子，走出门房间。

中年人随我走了两步，手一指大门说：出门不远就有公交车，直达火车站。

跨出大门，我又转身看一眼，门口的大牌子上赫然几个大字：贵阳警备区司令部。

哦，原来我在司令部接待室过了一夜。

如此探亲经历，只有在那个特殊的年代才会遭逢。

湘 黔 铁 路 大 会 战

插队第二年的秋天，正是收获季节，黔北的山乡里也有一个天高气爽的小阳春时节，一道命令传下来，中央决定，修建湘黔、枝柳铁路，这是打通祖国大西南的大动脉，并且传达了毛主席的最高指示：三线建设要抓紧，就是同帝国主义争时间，同修正主义争时间。同时口头传达说，湘黔铁路不修好，毛主席他老人家睡不好觉。于是决定举行湘黔铁路大会战，要动员贵州、湖南、广西的 160 万民工，抢修这条铁路。

命令传下来，安顺地区要组建民兵师，安顺地区所属的每一个县，都要组建一个民兵团，修文民兵团要组建 10 个民兵连。久长人民公社属于三营十连，每一个连队必须有一个女民兵排，任务很快摊派下来，砂锅寨必须派出一男一女两个民兵。女民兵得是未婚的。

随着命令的下达，各种各样的传言也在上山下乡知青中传开，上了铁路线的知识青年，等到铁路修成之后，会优先考虑留下来，在铁路线上当扳道工，在铁路沿线的车站上当售票员、检票员，成为铁路职工。一些知青甚至眉飞色舞地想象，当了铁路员工，连衣服都是国家发的，比去矿山当工人，或到县五小工业的厂矿去，条件优越多了。公社开了动员大会，各个生产队开了群众大会，号召每一个年轻社员，报名修建湘黔铁路，并且说了，批不批准你去是领导的事情，报不报名是对党中央和毛主席老人家的态度问题。

记忆中几乎所有的上海男女知青都在自己所属的生产队报了名。

在山乡自古以来流传下来的风俗中，未婚姑娘是不能出远门的。即使到了“破四旧”破得那么彻底的“文化大革命”中，老乡们还是不愿让未婚姑娘出远门。我们砂锅寨旁边的杨柳大队，大队支书只能让自己的女儿报名，完成杨柳大队的指标。故而，当我和妹妹去报名时，大队干部笑逐颜开地对我们说：你们两兄妹一报名，就解决我们的大问题了。让你们去，让你们去。

原来，他们正为派哪家姑娘上铁路犯愁呢！永兴四队的女知青小丁已经报了名，我妹妹一报名，永兴的两个女民兵指标就完成了。

看到我们兄妹报了名，我的恋人，也就是今天的妻子王淑君，也赶回杨柳大队报了名，并且当天就得到了批准。

就这样，我们仨一起上了湘黔铁路会战工地，成了修文民兵团三营十连的民兵。

从公社带着行李铺盖和日常生活用品上了卡车，开到黔东南州黄平县谷陇区重安江畔的鲤鱼冲附近山坡上安营扎寨，我们整整走了两天。头天晚上抵达黄平县城吃晚饭时，因为上路的民兵太多，光是等吃晚饭，就等了足足一个多小时。第二天从黄平到谷陇，路并不长，到了重安江畔，又是等，等待分配我们究竟在哪一座山坡上安下营盘。

直等到天擦黑，说地盘仍然定不下来，让我们先进鲤鱼冲寨子苗族老乡家里，克服几个晚上再说。

于是乎我们久长公社的上海知青，男生被安排在一间苗家的堂屋里打地铺，女生则睡在院坝里的柴房上头，只是临时用大张的芦席把柴房围了起来。

从第二天开始，男生不能住进苗族老乡家了，要腾出房子，给营部的卫生所使用。我们只能过“天当铺盖地当床”的日子，每人发一根棍子和一张芦席过夜，说是挡一挡露水。寒潮来之前，工棚抢修出来了，人多铺少，规定了每人的铺位只能是八寸，挤着睡。后来又从八寸，增加到一尺二，最后固定在一尺八的宽度。上海知青都怕虱子和跳蚤，这下好了，彻底和老乡打成一片，混睡在一张大铺上，人人的衣服上都发现了虱子。

吃饭由连队伙房供应，大米饭管饱，随你吃。可就是没菜，头几个月，天天都是老南瓜汤，碱水酸菜煮巴山豆。连从村寨上来的农民们都觉得苦，编了顺口溜哼哼：“上顿瓜，下顿瓜，发了工资就回家。”伙房的大师傅说：刚上路的时候，老南瓜卖 1 分钱一斤，现在多少？ 4 角一斤，还买不到。你们别发牢骚了！

是啊，成千上万的筑路队伍拥进深山苗寨，周围只有零星稀疏的村寨，不要说蔬菜、副食品紧张，就连喝的水都成了问题。我们每天清晨和夜晚的洗脸水、洗脚水，都是从泡冬田里挑来的浑汤汤，沉淀半天也不见清。工地上在酝酿把重安江水接过来。我没闲心去弄吃的，每天上班前、下班后带着一个小本子，去记录苗乡的地理环境、房屋结构，去问当地老汉和娃崽：鱼为啥养在稻田里？坡上长的是什么树？林子里鸣唱的是啥子鸟？婚丧嫁娶时为啥非按哪些程式办？当地流传着哪些民歌？上山对歌时苗家男女唱些啥？重安江有哪些传说？解放前的土匪是什么样子？商人们带些什么进这一带的山岭里来？……问完了，回到工棚里倒头便睡。第二天一大早，不等人家起床，我又爬上山头，去看米色的稠雾从山谷里袅袅升起，去听雀儿清晨的啼鸣，去重安江边的碾米房，去望苗家姑娘们蹒蹒跚跚地挑着担上坡。在冬腊月间的寒夜，我钻进苗家的火塘边，听他们天南海北摆龙门阵，说古道今……这一段艰辛的岁月，对我来说，是一生中最难忘、最苦涩也最有意味的日子。

哦，青春之所以美好，就因为它激发人们不懈地追求；青春之所以幸福，就因为它有未来。

我在山乡小道上跋涉着，为我的这些努力和追求，我开始付出代价，牙齿在连年的剧痛后一颗一颗脱落，这是不是生活留下的烙印？

山乡小学校

砂锅寨是我插队落户整整十年又七个月的村落。它静静地横卧在贵州高原三县之交的偏远山乡里。至今它都默默无闻，没多少人知晓。

在离开寨子半里地的山巅上，有一座小学校，乡村的耕读小学。最早，我说的这个最早指的是解放前，这山头有座像模像样的尼姑庵，里面住过好几任老老少少的尼姑。我们去插队时，还有农民指着寨子上几位老太太告诉我们，说她们当年就是庙上的尼姑，自然后来就还俗了。

尼姑庵改建成的耕读小学，一切都是简陋的，桌椅板凳缺胳膊断腿不说，有一两间教室里，所谓桌子，就是两端用砖砌上来，上面铺一块长板子。板子后面坐一溜四个学生，那就算桌椅了。

走进这所小学校，纯属偶然。下乡头两年，我们知青的茅草屋光线晦暗，没有电灯不说，放了四张床，屋内根本放不下一张桌子。而我喜欢写作，经常在膝盖上放一块搓衣板，坐在后屋檐下费劲地把自己的感受和构思写下来。大约是农民们看着我这么写太费劲，就告诉我，庙上砸烂的小学校里，还有几张桌椅板凳，你可以到那里去写。我上去一看，果然如是，于是天天清晨，就带上纸笔，攀山而上，到那里去苦思冥想。山巅上有风声、有鸟语，山巅上还能眺望远近的村寨和郁郁葱葱的峰峦，一个人待着虽有些孤独，可它却能使我青春躁动的心平静，后来小学校恢复了上课，再后来我在小学校当上了老师。

那是我从湘黔铁路工地返回寨子以后，1972 年的 8 月，我还记得是 29 日，大队支书和我谈了 40 分钟，第二天他就宣布经大队研究决定，由我上小学校任教。他说他本来是不同意我去教书的，除了大队会计和其他干部力荐，他还特地和我谈了话，发现我讲的贵州话已经十分地道了，娃娃们能听懂，于是他就同意我教书了。第一次，我感受到人的命运原来就是这么决定的。

教书得来不易，我就教得格外认真。小时候，母亲教过书，姨妈也是教师，记忆中她们每天晚上备课，记忆中她们曾经说过，一堂课中，有半堂课需要由老师讲解，然后做习题，然后朗读，偶尔也抽查、默写。山乡里，教师缺乏，耕读小学的四名教师，主要教语文、算术。五年级教一点历史、地理和自然。其他课程诸如唱歌、体育，一律都是不教的。教这些干什么，老乡们说，上坡干活，跟着大人哼哼唱唱，嗓门好的自会唱山歌。至于体育，那更是多事，男女娃娃从小打猪草，爬坡上坎，学做农活，整天干活，哪不比体育强？我说这不一样，坚持把唱歌、体育列入课程，谁教呢？我。每天晚上，7 点钟到 7 点 15 分，贵州人民广播电台有一档儿童歌曲节目，一个星期教一首新歌，我打开半导体收音机（这东西在山寨上是稀罕物，只有知青才有），跟着收音机里学，学会了再在唱歌课上教学生。《小松树》《小小螺丝帽》《我是公社小社员》……一首首儿童歌曲，我记下歌词曲谱，然后教给学生。体育课也同样，我比照着学区发下来的广播体操示意图，回想着自己中小学里做过的广播体操，把比较复杂难做的舍掉，保留易学易懂易做的，一节一节教给学生。每个星期逢到上体育课和唱歌课的时候，总是小学校最热闹的时候，全校从一年级到五年级的学生，集中在一起上大课，大大小小的娃娃跟着我一起唱歌，一起做广播操，大教室里喧腾的歌声，操场上大小娃儿的欢声笑语伴着哨子声，从山巅上传到周围的几个寨子，小学校显得生气勃勃。

几个月教下来，干农活时，赶场路上，晚上去老乡家里串门，都有老乡扯住我袖子说：还是你教书行！我问何以见得，老乡说，原来我家娃娃一背书包就喊肚子痛，回来不愿做作业，只晓得赶鸭子玩。现在不同了，回家第一件事就做作业，做完作业还唱歌，吃了晚饭还要教他的老奶奶做广播操，读书读得一家喜气洋洋。

说实话，我听了以后喜滋滋的。再加上学期终了，我教的五年级中好几个孩子升上了农中，于是乎，我就在寨邻乡亲们心目中成了一个好教师。

不要以为我在这里自吹自夸，关于这段教书生涯，我曾经写过两篇短文，一篇叫《一件往事》，一篇是《脚踏着祖国坚实的大地》。前一篇是散文，后一篇是在儿童文学座谈会上的发言，事后编辑让我整理成文的。两篇文章有一个共同的意思，那就是在教书的同时，我也在接受着教育。正是因为天天和这些贫穷的、衣衫褴褛的娃娃们在一起，我的心才平静安然。在向他们传播基础文化知识的同时，我总是从他们的生活形态，从他们的现状，想到栖息在祖国大地上的农民们。他们一年四季辛勤劳作，渴望的无非是温饱的生活。但他们就是如此艰辛，有时候温饱都还不能达到。我经常停下课程给孩子们讲，为什么贫穷？为什么富饶的山乡人们生活得如此清苦？就是因为没有知识，没有科学文化。我自小读了很多书，我把读来的一些科学家、文学家追求知识、刻苦学习的故事讲给娃娃们听。他们眨巴着大眼睛，经常打断我的叙述，提出一些诸如“什么是面包”“什么是有轨电车”之类的问题。但是我看得出，他们是在认真地听。班上几个聪明的学生，一点也不比城市里的孩子差，算术一教就懂。初读四年级时，全班同学造句都经常出错，四年级学期结束时，他们人人都能写一篇语句通顺的作文了。

1982年，《蹉跎岁月》播出以后，中央电视台拍摄《叶辛的“蹉跎岁月”》的专题片，我和他们来到了庙上小学校，给孩子们上了一堂体育课，导演把孩子们做广播操的情形全拍了下来。当一天的拍摄结束以后，满寨的乡亲们站在寨门口送我，台阶上、土坝上、坝墙上、大树下站满了老少乡亲。导演说，他是在延安长大的干部子女，他多少年没见过这么感人的情形了。

1998年3月31日，是我插队落户三十年的纪念日，上海画报社编撰我的散文写真集《半世人生》，要补拍几张砂锅寨和小学校的照片，上海电视台风闻以后，特意组成了《叶辛回“家”》拍摄组，随同前往。那感人的一幕又出现了。同行者问我，这是怎么回事？我也感动得说不上话来。让我欣喜的是，原来在山巅上的小学校，终于搬到山下的坝子里来了，小学校现在建的地方，正是我们当年六个知识青年的自留地。“这样就好多了，至少风小得多了，娃娃们冬天可以少受一点凉了。”我说，“不过，这自留地是一块好田土啊！”学校老师说：“那还不是因为你在学校教过书，小学校搬到知青原先的自留地上，有一点纪念意义。”

我一时怔住，不知说什么好。是啊，一晃又是好多年过去了，但在这些年里，我从来没有和小学校和我插队的砂锅寨失去过联系。20 世纪 80 年代，我在贵阳工作，我的学生中有的遇到包办婚姻，跑到贵阳向我求救，我打电话、写信，让当地干部做工作，不要干涉年轻人的追求，使得问题圆满解决。有当年的学生来贵阳，给我讲开发鸭子塘、开发后头坡、给寨子上农民引自来水的设想，我也要他们好好做规划，不要一口想喝下一大碗热稀饭，要一点一点搞。现在，这些设想正在一步一步成为现实。回山乡去之前，巧遇《上海故事》的主编，他们这几年刊物办得好，在计划今年的实事时，决定结合广告宣传，援助 10 位贫困山乡的小学生五年的学费。我揽下这件事，通过贵州省希望工程办公室，他们决定把这 10 个名额，全部给了我插队山乡的 10 位品学兼优的孩子，贵州省的大报小报全都刊登了这条消息，既宣传了《上海故事》，又为山乡扶了贫……可能正是由于这点点滴滴的小事，使我和插队落户的寨子，和我曾经任过教的小学校，有着千丝万缕的联系，一代一代的寨邻乡亲，才会待我如他们自己人一样。

让我更觉欣慰的是，我当年教过的那一班学生中，男孩袁兴开就在砂锅寨小学教书。我报出一连串当年成绩优秀的学生名字，问及他们在干什么，袁兴开扳着指头一一告诉我：他们在这周围的学校教书，像你最喜欢的刘光秀，现在还是出名的优秀教师哩！

哦，山乡小学校，你的今天比我教书时的昨天好，你的明天，一定会比今天更美好！

铭记心头的往事

心头一直挂记着，砂锅寨该有一所更好的小学校。这一愿望，在 2004 年实现了。在上海企业家的支持下，我筹资 35 万元，在砂锅寨建起全国第一所春晖学校。2005 年 9 月，由修文县政府命名的“叶辛春晖小学”举行落成典礼，消息见报之后，其他贫困山乡的人到上海来找我，说只要 20 万元，他们同样能建一所以我的名字命名的小学。我坦诚地告诉他们，我做这件事，不是图名声，是因为我对砂锅寨，对这所我曾任教的小学，有着一份特殊的感情。我的心头，始终铭记着一件虽小却永远忘不了的往事。

那是 1972 年，我在小学校里教书。

冬月将尽，地处川黔铁路制高点的久长地区，早早地飘飞起了凌毛毛。寒冽的西北风从峡谷里吹来，吼啸着掠过树林和山野，吹得人只想守在火塘边不挪窝。我像平时一样，早早地起了床以后，匆匆地喝了一杯自制豆浆，便赶往离寨一里多路的庙上小学校去。到了那个由尼姑庵改成的小学校里，四处都是冷冷清清的，一个人影也不见。我焦急地来回走了一圈，不由得恼火了。这是咋搞的呢？到了上课时间，不但学生一个没来，连其他几位教师也不露面。这样子教书和读书，教学质量怎么上得去啊！要晓得，在到小学校来任教以前，我曾向大队的干部保证，一定要送一批学生进公社中学去。因为在我们下乡前后的几年中，大队所属的几个寨子，不曾有一个娃娃进过中学。

烦恼急躁之中，我抓起那根冰冷的铁棍，狠命地敲击着垂吊在梁上的圆铁柱，“当、当、当”的响声，随着寒风飘向脚下的四个寨子。

8 点 3 刻，来了第一个学生，随后四五十个学生娃娃陆陆续续地踏着泥泞的山路到学校里来了。直到 9 点半钟，学校里的大部分学生和几个老师总算到了。我那个班的学生娃娃，每人背着书包，提着火笼。这火笼，不是电视剧《安娜·卡列尼娜》中安娜用的那种高贵皮毛的护手火笼，更不是现在盛行一时的暖手炉，而是用破脸盆、破瓦罐、烂花盆穿几根铁丝做成的火笼。“噗噗”燃起的火苗上，架着几根干柴，烟雾弥漫了整个教室，熏得大家不住地咳嗽、揉眼睛。

天哪，这怎么上课？本来就憋了一肚子火的我，板着脸站在讲台上。学生们似乎并没注意我的情绪，只顾闹闹哄哄地打开书包，拿出一根根干柴，小心翼翼地架到火笼上，俯身呼呼地吹着。一瞬间，满教室都是吹火声，吹得柴灰飞扬，烟雾腾腾。

简直是乌烟瘴气！我恼极了，本来就迟到了，进了教室还这个样子。我一个箭步跃下讲台（原谅我那年只有 22 岁），对准第一排那个姓杨的 11 岁娃带来的破脸盆，一脚把它踢翻了。

大家被我这一粗暴行为骇住了，一个个呆痴痴地望着我。

我回到讲台上，准备开始一堂强调学习重要性的训话，刚把脑壳扬起来，坐在最后一排的那个年龄稍大的女学生，朝着我连连摆手。我向她一瞪眼，她又用手指了指坐在前一排的一个男生。那是个 14 岁的娃娃，在五年级不算小了，光着脚板，穿一条褴褛的裤子，脸冻得发青。我愣住了。再看被我踢破脸盆的那个学生，吓得一边啜泣，一边哆哆嗦嗦地从书包里拿出书本、铅笔盒。他穿得更单薄，光脚板还沾着稀泥。我的目光向全班扫去，这些偏僻山寨上的娃娃，差不多都是一个样儿。

我站在那儿，大睁着双眼，傻了！教室里的烟围裹着我们，我和学生们一起淌下了热泪。是啊，我们山乡的娃娃们，理该穿得暖暖和和，理该坐在温暖的教室里读书，可是他们穿得那么单薄，冬天还光着脚板。我虽然也穷，但我还穿着棉毛裤、毛绒裤，脚上还有一双棉鞋，可娃崽们……一刹那，我记起了很多事情：开学了，由于山乡外头的世界里在闹“文化大革命”，无数的纸张都被用来刷巨幅标语和大字报，而山寨小学校的课本却因此印不出来。课还得上，除了教生字，我还给学生讲高尔基的故事。讲到高尔基小时候在面包作坊里当学徒的时候，几乎所有的孩子都把手举起来了，他们问：“老师，什么叫面包？”什么叫面包呢？自认为读过好多书有一点知识的我，却怎么比画也讲不明白。弄得我只好在春节回上海探亲时，给孩子们带去两个面包。还有一次，我病了，发烧到 39.7 度，孤零零地躺在茅屋里，无法起来煮饭吃。连续四天，一个 14 岁的学生，天天给我送来一暖瓶豆浆。在起不了床的那四天里，我就是靠这豆浆活过来的。他送豆浆来时，对我说：“老师，我们盼你快点好，到学校教我们……”

哦，我的脑子里涌起了那么多思绪，仿佛这时候才意识到我们教室四五扇窗子都没有玻璃，窗外连绵的山野萧瑟阴沉，枯枝残茎在随风抖动；我仿佛这时候才注意到我们的教室连门也没有，逢雨必漏，学生们要撑着伞上课；还有那些稍大一点的孩子，他们为干不尽的农活和琐碎的家务事所累，在赶来上学之前，往往都还在割草、推磨、挑粪、锄地，他们是愿意来读书的呀，他们是渴望学到知识的呀。我怎能责怪他们呢？我只怪自己在这萧条冷寂的环境里待久了，已经麻木了，才如此糊涂，才如此粗暴……

就是这么一件小小的往事，即使今天想起来，我的心头仍感觉到沉甸甸的，充满了负疚感。

爱 情 的 脚 步

恋爱的季节是随着插队落户的岁月开始的。

就是在插队落户初期，我认识了今天的妻子王淑君，开始了我们的初恋。那是特殊年代里的爱情，那是艰辛苦涩的日子里最值得珍视的一份感情。

我们相识在插队时。至今我还记得连接我们两个生产队之间的那条小路，那条弯弯曲曲，时而落下谷底，时而爬上坡去的小路。在初认识的几年间，我们在那条小路上不知走了多少个来回。雨声淅沥的夜晚，我们撑着伞，任凭雨点子稀疏地、笃笃有声地打在油布伞面上。我们慢慢吞吞地沿着小路，绕过水田，绕过土坡，走进幽静的树林。路窄，我们不能并肩走，只能一先一后。明月在天的夜晚，我们在青冈桦树林子里徘徊，在地面绵软的针叶松林里默默地相对伫立，话在这时候是多余的，即便有，也都在白天讲完了。但我们仍不想分离，静静地、悄悄地倾听着风掠过树梢，掠过山崖，入神地瞅着清幽的月光在树林子里投入浓密的、斑驳的影子，好奇地遥望离得远远的山寨上的朦胧灯光。秋末冬初的农闲时节，我们相约着去路边的林子里捡干枯脆裂的松果；雨后的黄昏，树叶子上还挂着露珠般的雨水，我们戴上斗笠去捡鲜美的香菇；烈日当空的酷暑，我们能坐在树荫底下，足足待一整天……那时候我 19 岁，她 17 岁，我们都还很年轻，我们都把爱情看得十分庄严和神圣，也许我们就是在这样的朝朝暮暮之中加深了相互的理解。“爱，是理解的别名。”这话是不是泰戈尔的名言？

她是我妹妹的同学，在紧挨着我们寨子的隔邻大队当知青，放假赶场的时候，她常常来找我妹妹玩。我们常留她吃过晚饭再走，她一个人回去不安全，我妹妹送她呢，一个人走回来也怕。于是乎妹妹常让我送她，起先纯粹是送，后来我盼着她来，希望她晚上走，我好去送她，再后来我们便在这条山乡里的小路上幽会了。山乡里的劳动是繁重的，知识青年的业余生活是枯燥的。我之所以能在插队落户的岁月里坚持埋头写小说，一多半都是因为爱情的力量在鼓舞着我。

已经走过来了的这条生活的路，也像两个山寨之间的小路一样弯弯曲曲、崎岖不平。1972 年冬天，她抽调到水电厂当学徒工去了，而我仍然还孤零零地生活在荒寂僻静的寨子里。

从 1969 年相识，到 1979 年的元月结婚，连头搭尾 10 年时间，其中几乎 7 年半的日子，我们是在分离、在两地相思中度过的。相互联系和沟通的办法，就是通信。那些年里，我们每年互相要给对方写出四五十封书信，几乎是每隔五至七天，就要寄一封信。很多时候密度更大，差不多每隔三五天就要写一封信。这些书信，成了我精神上最大的慰藉。在劳动之余，在每天不间断的学习创作之余，写信成了我最愉快的一件事情，成了我唯一的倾诉感情的方式。当然，每次收到她写来的信，我也总要读了又读，直到把信纸都焐热了，接到她的下一封信我才把前一封信放进信封，珍藏起来。至今我还记得，到了她的书信应该来的日子，我总要站在寨子高处的堰塘边上，望着那个邮递员走来的山垭口，热切地、焦急地、默默地等待着。如果这一天收到了她的信，那么黄昏和整个夜晚我都会感到身心愉快、精力充沛，整个栖居的小茅屋里仿佛也充满了温馨的气息。守着一盏小油灯，我会写得很晚很晚。而倘若没有收到她的信，我便会在邮递员离去以后，久久地傍着夕阳踟蹰，沮丧地踏着薄暮回到我阴暗潮湿的茅草屋里。

那个年头山寨上没有电话，打长途电话得到远在十几里地外的公社邮电所，况且音息非常微弱。而电报贵至七分钱一个字（后来降至三分钱一个字）。对于一整天的繁重劳动只能换来二角几分、一角几分的知青来说，利用电报和长途电话联系，几乎是不可想象的事情。我们唯一的联络办法，就是写信。

一晃近 30 年了，我们的命运起了很大的变化，临时的动迁不算，我们搬了十几次家了。在搬家过程中，凡是能丢的东西，包括一些家具，包括我们喜爱的书籍，很多我们都只得迫于无奈舍弃了。唯独这些书信，我和妻子都珍藏着。我装在我的书柜里，她放在她的小箱子里。可惜的是，有不少书信，由于她居住的工棚被风雨所掀，雨水侵蚀了信封和信纸，字迹模糊得已无法辨认了。就是这些残缺不全的信，我们也还保留着。想想吧，那个年代留到今天的邮票、信封都成了价值连城的东西，别说这些饱含着我们青春的汗水和眼泪、希冀和憧憬的书信了。前两天，有两位记者来到我家里，看到我书桌上满摊着这些书信，他们随手拿起几只信封来看，看到信封上的邮票，信封角上印着的小小的宣传画，信封上的语录乃至“敬祝毛主席万寿无疆”的红字，情不自禁举起相机一阵“噼里啪啦”地拍摄，逗得我妻子好一阵笑。

我想，与其今天提起笔来，凭借着记忆，在往事中搜索枯肠，苦思冥想当年的那些往事或是真实的思想，不如把这些书信稍加整理，略作适当的注解，也不失为一种回忆的形式。书信的语言是那个时代的语言，书信中写到的细节是那个时代的细节，书信中提到的人和事也只可能是那个时代的人和事，且书信中感情的宣泄和倾诉，也是那个时代独有的形式。

我很为自己的这一想法激动，并且也获得了妻子的赞同。而当我着手这一工作的时候，我才察觉，它并不比我重新写一本书来得轻松。

书信太多了，读着每一封信，那个年代里经历的事情就历历在目，过电影一般地在眼前晃，不知是因年代的久远，还是那时的墨水质量差，即使没被雨水侵蚀的文字，有好些也已淡弱得仅能勉强辨认了。可有一点是可以肯定的，那就是透过信笺上的年轻稚嫩的文笔，读者诸君能看到两颗年轻炽热的心的跳动。

促使我腾出时间来编撰这部往日的书信集，还有一个原因，那就是随着现代通信技术的发达，长途电话已然极为普及，电脑、传真机、可视电话进入普通人家已经成为现实。从邮电部门传来信息，今日的书信已比过去大为减少。人们预言，当我们步入下一个世纪的时候，书信将更加大幅度地减少，直至从我们的生活中消失。

如若真是这样，那么，把这些书信编入老三届人的回忆录丛书中，就更是一件有意义的事情。

不知读者以为然否？

我的处女作

处女作，对每一个作家来说，都是难忘的。对于我来说似乎更是如此。

在我的一生中，《高高的苗岭》这本儿童中篇小说，是一个新的开始、一个新的起点。今天抽闲再翻读这本小说，我自己都能感觉到它的稚嫩之处。但是我仍对它有着一份深切的感情，关于它的一切：校样、版本，改编的连环画本、电影文学剧本，插曲、剧照，电影放映时期的广告宣传画、朝鲜文本……我都保留着，隔开一长段时间，不时还要翻出来再看看。

我忘不了，第一次看到《高高的苗岭》初校样时的情景。那是一个秋高气爽的 9 月里的夜晚，我从同学家聊天回来，已是夜半 11 点钟，发现桌上放着责任编辑送来的两本校样，我欣喜若狂，倦意顿消。当下守着台灯，一口气把它校改完了。翻过最后那一页，我看了看表，是上海这座大都市的凌晨 4 时许，我家楼下马路上的 16 路头班车隆隆地开过去了。我相当困乏，但我仍无睡意，还是着了魔似的反复翻阅着那些散发着油墨香味的校样，只觉得这些校样充满了亲切感和诱惑力，好些往事不断地涌来，我思绪万千，激动不已。

天，不知不觉地亮了。我凝望窗外，聆听着苏州河上隐隐传来的汽笛和电喇叭声……我想，读者一定能体会我当时那种激动得不能自已的心情。哦，在艰难的插队落户生活中，我的劳动和追求并没白费。

我也忘不了，1979 年冬天，在上海少年宫里，少年儿童出版社的施雁冰同志介绍说，这是《高高的苗岭》的作者，小朋友们蜂拥着向我扑过来时的感人情景……哦，那时我又一次感到，在艰难的插队落户生活中，我的劳动和追求并没白费。

记得是 1973 年，一年一度的凉秋又来到了贵州的山区，我插队落户的第五个年头快过去了。一年的农事基本上干完了，在贵州山区的僻静村寨上，照例有一段农闲时节。我在这段农闲时间里，干些什么呢？除了学习着写点东西，我还能怎么样呢？总不能让大好的光阴，白白地耗去呀！

为了避开报纸上一再要求的写现实生活中的阶级斗争、两条路线斗争，为了把我感受到的独特的生活写出来，我这次写，得写一个小孩子，这个小孩子生活在过去的年代，生活在解放初期。这是我在胡思乱想吧，是在虚构吧，解放初期的 1950 年，我才 1 岁，我怎能感受那时的生活呢？

我思之再三，觉得不是在胡思乱想，也不是在编“聊斋”——山寨上老百姓爱把好幻想好摆龙门阵称为编“聊斋”。

在五年的插队落户日子里，我时常听一些老贫农告诉我：嗨，现在变多了，工作组喊开会，哨子吹了几道，人也到不齐。清匪反霸那年头，工作队一喊开会，我们穷得穿条单裤儿，打着光脚板，在雪地上跑得可欢哪！话是简简单单一句，可这句话是个多么清晰的画面！穷苦人对党的信赖，对工作队的信任，对清匪反霸闹土改的热心，都显现出来了。类似的话，我听得多了，心里对解放初期的山寨形势、人情风俗逐渐有了底儿。

在苗岭腹地修建湘黔铁路的日子里，我借住在一户苗族老乡家里。冬腊月间的夜晚，苗家老人陪我在火塘边摆龙门阵时说：如今你们汉族老大哥成千上万人进到我们苗岭深山，帮我们修铁龙，汉苗之间亲如兄弟。解放前，可不同，历代反动统治者搞汉苗隔阂，造成了民族怨仇，造成了不少流血的事件，听来让人触目惊心。当然，很多往事随着历史大河的向前奔流早已消逝了。我听到的更多的是有关汉苗亲如一家的故事。有一次，一个苗族汉子告诉我，清匪反霸时，一个解放军飞行小组的战士负伤后被土匪追赶，幸亏当地苗家出头保护他，让他躲进山洞，给他送吃的喝的，还给他采草药，才把他救了。

从铁路工地回到山寨上，在一次田头歇憩时，我听一个农民说，隔邻公社有个供销社主任，当年还是个少年，为替剿匪民兵送信，被土匪围在一所寺庙里，亏得他是木匠家的孩子，会脱榫头，趁着天黑脱落了木结构寺庙的后壁，钻进树林脱了险。

在我刚插队的第二年夏天，县里面下令，全县出动围捕逃跑的三个罪犯，每个山洞都要搜，我也随着民兵钻进了山洞。这使我对贵州地区的喀斯特地形有了非常形象的感性认识，知道了这些洞微妙无比，洞中套洞，别有一番天地。

所有这些零零星星的感受和体验，在农闲时节到来的那些日子里，全部浮现在我的脑海里，逐渐变成了一个小故事。随着故事中的人物一天比一天清晰，故事线索一天比一天明朗，我的创作冲动也一天比一天强烈，似乎到了非要把它写出来不可的地步。

要是写出来不成功怎么办呢？我犹豫着，踌躇着，决定这次写稿不用稿纸了，先把它写在随便什么纸上再说。在偏僻山寨，要找一叠纸还真不容易，我七拼八凑地买了几本练习簿，找了几张白纸裁开，又把同学给我写来的信也利用上——在反面写！总算凑齐了将近一百张纸。寨子上一说不出工了，我迫不及待地抱着那叠纸，跑到村寨外山头上的一所破庙里，用了一个星期的时间，把想好了的小故事写了出来。这就是我的处女作《高高的苗岭》最初的草稿。

写完了，我感到一阵轻松，一点欣慰。我跑上山巅，眺望着远山近岭，心里说，在这山也遥远，水也遥远，路途自然也是十分遥远的偏僻村寨上，我没有在农闲的日子里白白浪费时间，没有在吹牛聊天打扑克中耗费光阴，而是多少做成了一件事。不过，我的故事中没有“三突出”，也没有尖锐复杂的两条路线斗争，人家要不要呢？因此，尽管故事写出来了，我也不敢送出去，只好找来张牛皮纸，封成一只纸袋，把这一百来张不规则的稿纸装进去，存到箱子中间。不是我能预见到它会印成书，而是这四五万字是我的心血啊！

这一放，就放了整整两年。

1975 年，我被叫到上海修改长篇小说《岩鹰》，住在出版社的作者宿舍里。很巧，住在我隔壁的是《矿山风云》的作者李学诗同志，他看我年轻还未脱尽稚气，话语中一再鼓励我写点儿童文学。每周必定要来看他的少儿社编辑余鹤仙同志，也鼓励我写。在他多次鼓动下，我的心也热了。我要了一百张稿纸，把《高高的苗岭》誊抄在上面，送到了少年儿童出版社。我碰上了两位热心的责任编辑姜英和周晓，他们给我提意见、出主意，理清人物思想脉络，前后经过三次比较小的修改，在文字上作了详尽的润色，竟然定稿了！经过画插图，看校样，这本薄薄的小书，在 1977 年的春天出版了。小说第一版 20 万册，1979 年 5 月印行的第二版 17 万册。美术出版社很快改编成连环画本，北京电影制片厂和北京电影学院又根据小说由我和谢飞共同改编拍摄了儿童故事片《火娃》公映，以后又译成了盲文、朝鲜文。

所有这些，都是我当初在偏远的贵州山巅破庙里写这本小说时做梦也没有想到的。

一晃眼，十几年时间过去了。离开我写作《高高的苗岭》的草稿，竟有近二十年了。近些年里，时常收到一些好心的读者来信，询问我的第一部作品是什么时候写的，处女作是怎么出版的，我通过后记把它写在这里，不至于是多余的吧。

告别砂锅寨

连续下了几天的大暴雨，引得山洪暴发，淹没了大院坝，知青点的茅草房泥墙被泡酥了，住不得人。我先在老乡家厨房上头的阁楼里借宿了两个多月，后来就让我住进了大院坝旁边的土地庙。

这土地庙统共只有五六个平方米那么大，就是晚上栖身睡个觉，趴在桌上可以写个字，其他时间，我几乎都是在庙上的小学校待着。

1974 年，我的小说被上海文艺出版社选中，让我去上海改稿子。由于当时上海慰问团里有人给出版社提意见，说“柏油马路上栽不出万年松”，他们让我住进高楼深院改稿子，是脱离群众，脱离贫下中农，培养“白尖”苗子。在长篇小说稿修改好交上去审读期间，出版社就让我回寨子继续劳动。

在上海改稿期间，出版社根据砂锅寨一个劳动日四角钱的工值，每月给我 12 块钱的误工补贴。我的吃饭钱算是有了，那年头，12 块钱饭票，在上海出版社食堂，可以吃上中等水平的伙食了。比在砂锅寨边劳动边自己开伙煮饭吃，强得多了。至于那个年头吃饭少不了的粮票，都是出版社老编辑和上海亲友接济我的。

拿了误工补贴，就不能再在生产队里拿工分了。没有工分就分不到粮食。回到生产队，没粮食吃怎么办呢？

出版社说会出公函同修文县商量，一商量就没下文，事情也就拖下来了。我的吃粮问题就悬乎乎吊起。好在时间不长，办法出来了。

1975 年冬，修文县化肥厂招工 40 名，久长公社知青中也有名额。因为有出版社为我在上海改稿出过公函，其间又有北京电影学院导演谢飞看中了我的小说清样《高高的苗岭》，要借我去北京改电影剧本，县里面就让化肥厂招收我这个学徒工，不要化肥厂发学徒工资，只要他们把我招为职工，发我粮票，就把我的粮食问题给解决了。

砂锅寨和公社很高兴，就把我的关系转到县里面去了，并且告诉我，可以到化肥厂去领每月的粮票。这是 1975 年 12 月底的事。我去了化肥厂，化肥厂回答我，有这事儿，但你的关系还在办理之中，现在还不是化肥厂职工，没有你的粮票额度。说老实话，我们化肥厂招收一个发学徒工粮票的人来干什么呢？我们要的是工人，干活的工人。

我听话不好听，转身就走了，心头想：等关系转来了再说吧。

那时候我是单身知青，也不忙于结婚。又有好几个稿子要出版，光是要改定出版的，就有上海少年儿童出版社的《高高的苗岭》《深夜马蹄声》，上海文艺出版社的《岩鹰》，北京电影学院和北影合作的《火娃》，人民文学出版社的《绿荫晨曦》，而且还有我正在写作中的《我们这一代年轻人》《风凛冽》以及《蹉跎岁月》的笔记……我哪有时间为每个月 30 斤粮票一趟一趟跑啊！

这一走就是一年多。1977 年，“四人帮”打倒了，我的书一本一本出版了，1978年，《火娃》公映了，北京电影学院带着样片，到贵州来答谢放映了10场，那年头这算是一件大事，省里主要领导接见了剧组，问他们有什么要求。剧组只希望省里解决我的工作问题，反映了我至今没一分钱工资，也没一个地方发粮票的情况。

在省里领导的关心下，贵州省作家协会决定招收我去搞专业创作。作协的秘书长把我从北京催回贵阳，让我务必在1979年10月31日之前，把户口迁到省作家协会来。

我先去了县里，县里有关部门已经换了人，说他们只知道我的关系始终在扯皮，故而几年里没地方给我发粮票，让我先到化肥厂去问问。

我到了化肥厂，化肥厂说我们厂里没有你这个职工，当然不会给你发工资、发粮票。我说我的关系在哪里呢？化肥厂说你从哪里来的，就到哪里去问。

我又去了县里，县里说：我说要扯皮吧！这样吧，你先回久长去，查一查你的关系究竟转到哪儿去了，我们估计化肥厂把你的关系退回公社了。

我马上从县城走30里地赶到久长，这时候我心中早已不想什么粮票了，我是担心七转八转，把我的关系转没了，那就惨了。

公社又让我去砂锅寨，找干部写一个户口转移情况，盖上公章。砂锅寨老乡倒干脆，对我说，你的情况，你最清楚，你自己写一个吧。我写了一个，他们抄了一遍，盖上公章（谢天谢地，总算有公章了）。我把证明材料带到公社，公社民政干事翻出户口迁移本，指着我的名字说：你看，你的户口，我们肯定给你迁了。

只是你的个人插队落户表现材料，化肥厂当时不愿接受你，退回来了。现在我们已经封好，你带到县里去。

在久长街上一个熟人家中睡了一晚，第二天我又往县里赶，县里再让我去化肥厂，化肥厂这下认了，说你的户口在我们这里，但不发粮票、工资，是当初厂领导决定的，我们工作人员只能执行。现在省里要调你去，我们给你定一个一级工待遇，这也是破格的。总不能让你 30 岁的人当学徒工。

我还能说什么呢，办完手续，又去县里盖章，盖了章，我再一次去往砂锅寨，把存放在老乡家里的两箱子书，让马车拖着，送去火车站托运。

这一天，是 1979 年 10 月 31 日。

我的苦涩的、艰辛的、充满青春追求和思索的插队生涯，就是在这一天结束的。

这一天之所以值得我牢记，还因为当老乡的马车拖着我的两箱子书走过久长街时，我遇到了同一大队上的上海女知青小丁，她嫁给了当地农民，手牵着娃娃走到我跟前和我告别那一幕，使我陡地萌动起多年之后写作长篇小说《孽债》的灵感。这个细节我在《孽债》的后记中已经写过，不再重复了。

第二辑 村寨忆往

鸡 蛋

那是一个赶场天，知识青年们赶场去了，我正想趁难得的清静，写一点东西，寨子上的“秀”来了。她长得十分清丽，梳两条长及腰肢的乌黑大辫子，只是她始终穿着补疤儿衣服。她把手中拿着的一只鸡蛋递给我，又从自己的左右衣兜里各自掏出一只鸡蛋，放在我跟前的小桌上，说：“我用三只鸡蛋，换你一斤粮票。”

砂锅寨上的老乡，都晓得我们知识青年有粮票，有的直接向我们要，有的推了豆腐来端给我们吃，遂而提出要求，能不能给一点粮票。像秀这样，直截了当用鸡蛋来换，我还是第一次遇上。我说：“粮票我给你，鸡蛋你拿回去。”说着我从皮夹里掏出一斤粮票，秀一把将粮票夺过去，转身就跑，两条长辫子顿时甩了起来。鸡蛋在赶场天卖一角钱一只，三只鸡蛋就是三角。而一斤粮票在私下的交易中，也值三角。

隔开几天，在青岗石寨路上碰见秀，她笑吟吟地告诉我，他们一家人赶黎安哨的场，在饭店用粮票称到一斤饭，吃了个饱。她说的称到一斤饭，就是花二角钱和一斤粮票，买一斤米饭。然后就着自己带去的辣椒下饭。

黎安哨场，在 30 里之外，就是空手去，也得走三个小时。

秀一家是去卖洋芋。洋芋在本乡只卖到五六分钱一斤，而在黎安哨能卖到一角钱一斤。她们一家赶场天卖脱了300多斤洋芋。

就算她父亲和哥哥一人挑100斤洋芋，那她和她母亲，也要在山路上背着五六十斤洋芋，走三四个小时呢。

秀告诉我，鸡蛋在砂锅寨团转，卖一角钱一只。而在六广、小菁那些地方，鸡蛋只有五分钱一只。筹足钱，去六广、小箐一带，买回鸡蛋再卖出去，能赚一倍钱。如果把鸡蛋卖到省城贵阳去，那么一只鸡蛋就是一角二三分，赚一倍都不止，这叫“赶流流场”，自古以来都如此。

六广、小菁那里山大水险，坐车去要绕过县城赶一天的盘山公路。而在崎岖小道上走直线距离呢，则有四五十里，要走足足五个小时。农民们去六广、小菁，从来都是走路的。天蒙蒙亮出发，天擦黑了，背着或是挑着鸡蛋小心翼翼地赶回来。若是遇到下雨，山道弯弯，山路上像擦了油一般，摔一跤咋个办呢?

这一年秋天，秀穿上了一件新衣衫，是黄黑相间格子纹的，穿在她身上格外醒目，也十分贴身。看得出她很在乎这件新衣，只在赶场天，或是出工劳动归来，才换上它。她母亲逢人便说：“这是秀卖鸡蛋换得的。”

哦，鸡蛋，在砂锅寨，是一种价值的体现，也是礼尚往来的一种方式。有妇女生下了娃娃，寨子上所有的人家，都要给产妇送鸡蛋。产妇呢，也要给每家每户送还红蛋，表示她顺利生下婴儿的喜悦，讨喜气。像砂锅寨这样的大寨子，人家多，产妇家收下的鸡蛋多，也会在赶场天卖出去，增加一点收入，给婴儿和产妇买回一点营养品，或是扯上一点布料。在贫困岁月里，这一风俗也成了老百姓调剂生活的方式。

骟鸡匠

骟鸡，是西南山乡里的俗话。说白了就是把小公鸡阉割了以后，让它长得更快，肉质更为细嫩肥壮。

过了年，初春时节，砂锅寨的农家总要让老母鸡孵一窝小鸡。春天来了，家家户户，院坝里、园子边，屋后的草坡、竹林里，总能见到老母鸡带着一群一群小鸡，叽叽喳喳叫着。

春耕时节，砂锅寨农家这时候就在观察了，一大群小鸡崽里，有几只母鸡、几只公鸡。如果母鸡多，农家就十分欣慰，雌鸡长大了，就会成为受欢迎的母鸡。母鸡天天下蛋，每天就是一笔不小的收入。山乡村寨上，农民们的盐巴、酱油、煤油和日常零花钱，全靠赶场时把鸡蛋卖掉来换得。如果一大群小鸡崽中间，雄鸡多，农民就要连声抱怨。一般农户，在自家喂养的一群鸡中间，要留一只公鸡，其他的公鸡呢，往往就会被骟掉。这时候，寨子上就会有骟鸡匠来了。

年年春末到砂锅寨来的那个骟鸡匠，个头高高的，脸庞消瘦，颧骨也高。他在寨子出现的时候，总有人拉开了嗓门喊一声：“骟鸡匠来啦！”

他言语不多，哪一户人家最先招呼，他就在哪家的院坝里坐下，让农户把要骟的小公鸡抓来交到他的手里。一般而言，农户抓来的小公鸡都在一斤以下，他接到手里觉得超过一斤了，就要问一声："开叫没得？"

农户回答没得，他就将小公鸡扑腾的翅膀轻轻一拗，按在地上，拨开腿部的鸡毛，从衣兜里掏出一把扁尖扁尖的小刀操作起来。奇怪的是，刀尖把鸡皮划开了，探进鸡的内脏处，小公鸡既不淌血，也不乱叫，甚至连刚被抓时胡乱扑腾的翅膀都不动弹了。鸡骟完毕，骟鸡匠只是把贴着鸡皮的绒毛顺顺地捋一下，把交叉拗起的翅膀恢复原样，那小公鸡便立起身来，抖一抖鸡脑壳，就走开了。有时候，骟鸡匠的刀子动得凶一些，那鸡初走几步，两只鸡爪还有些勾，不过，众目睽睽之下，走出几步之后，那鸡崽就走得正常了。

如果农户回答，自家的小公鸡已经开始啼叫了，哪怕他郑重声明，小公鸡刚开叫几天，骟鸡匠也不接那只小公鸡。

砂锅寨老乡说，骟鸡骟鸡，骟之后就要鸡长肉，骟鸡的肉不但鲜嫩，肉质好，味道还美。骟过的鸡总能在年底前长到 10 斤以上。开叫的小公鸡，骟来长不到这么重，至多六七斤，肉质也不好吃。

骟鸡匠每骟一只小公鸡，收一块钱。在我们插队落户的年头，这收费是很高的了。我想不通，一只不足一斤的小公鸡，在赶场时只消花七八角钱就能买到，骟一只鸡为啥要收一块钱？农民们却很坦然，说一只骟鸡长大了，能卖出十几块钱。到了年终，腊月间，要过年了，长得肥肥壮壮的骟鸡，比母鸡和公鸡都卖得贵，这时候骟鸡匠的价值就显示出来了。

年终岁末，一般农户都要杀一头猪过年。可在我们插队岁月中，总有不少贫困农户，喂了猪却杀不起，或者杀了也只得把肉卖掉换钱来还债。但是，年总得过啊，一家老少总得吃点像样的荤味啊。这时候，骟鸡煮出来的一大锅辣子鸡，就成了颇受全家老少欢迎的美味佳肴了。

豆 腐

豆腐有什么稀奇，即使在物质匮乏的时代，凭豆腐票，四分钱也能买来一块。

我初到砂锅寨插队落户，随着农民们到附近的街子赶了几回场，就发现，在山乡，所有的东西都比上海便宜，唯独豆腐，要比上海贵。在上海四分钱可以买回家的那么一块豆腐，场街上要卖四角钱。那个年头，一斤猪肉才卖六七角，一斤牛肉才卖一角钱。

不过知青们很快发现，山乡的豆腐要比上海的豆腐好吃多了，无论是那股清香、那股滋味儿，还是那咀嚼起来厚实的回味。

农民告诉我们：我们的豆腐不用石膏点，是用酸汤点的，不败豆子的味，当然好吃。

从那以后，男女知青们聚在一起“打牙祭”、会餐，必定少不了豆腐。只要想改善伙食了，只要有同学来知青点上玩了，我们就事先称三斤黄豆，请老乡给我们推豆腐。三斤黄豆，可以推出一大脸盆豆腐，知青点集体户六个男女知青加上客人，敞开吃。而老乡呢，为我们推了豆腐，分文不收，只留下豆腐渣，放进蔬菜，可以煮一大锅渣豆腐。

故而在插队落户岁月里，豆腐是仅次于猪肉和鸡蛋的名贵食品。砂锅寨老乡是很少推豆腐自家吃的。他们要推豆腐了，往往是家中来了客人，或是遇上红白喜事，才满满地推上一锅豆腐。

豆腐风味独见，黄豆也就随之金贵了。砂锅寨的黄豆，豆子虽小，推出的豆腐细嫩味好，十寨八乡声名远播。插队落户的年月久了，我才晓得，原来早在六百多年前，山乡里的豆腐就是古驿道上的名菜了。相传被皇帝贬谪到贵州修文县来的王阳明，因感觉这里的豆腐好吃，还在此基础上，发明了一道骟鸡豆腐的名菜，流传至今。

一般的老乡，舍不得杀鸡。经常用猪肉的肉末代替骟鸡肉末，多放辣椒，煮成的肉末豆腐，同样味鲜爽口。而更多的饭店、小铺子，卖出的二角五分钱一海碗的豆花饭，更是极受老百姓欢迎的大众饭。那是在一碗米饭上，铺满雪白的嫩豆腐，再在这豆花上，舀上一瓢红辣椒，那辣椒拌和着芫荽、葱花、豆豉，滋味也是耐人寻味不尽的。

近年来，山乡发展“农家乐”旅游，开发出了豆腐系列产品，豆腐干、白豆腐、盐豆腐、血豆腐、椒盐豆腐、麻辣香豆腐……价廉物美，深受游客欢迎。而在众多的豆腐中，自古流传下来的佳肴骟鸡豆腐，是最受客人们欢迎的。

洋 芋

自小在上海，土豆叫作“洋山芋”。在偏远蛮荒的贵州村寨上，土豆被叫作“洋芋”。初学写作的年轻时代，稿子投进出版社，读稿的编辑就在我的稿纸上把“洋芋”二字勾出来，写一句评语：那么偏僻的农村，也叫洋芋？那个问号打得又粗又大，显然他认为我是把上海人的习惯叫法写进了书稿。

五六月间，是砂锅寨洋芋的收获季节。在什么都似乎显得落后的贵州乡村，我插队所在的修文县出产的洋芋，卖到外国去，却是免检产品。不用说，洋芋的质量是上乘的。一是皮子薄，易除皮；二是个头大，挖出一窝洋芋来，往往七八两一只，甚至有超过一斤一只的；三是味道鲜美，无论炒洋芋丝丝，切洋芋片片，整个儿在肉汤里煮，味道都特别好。收获了洋芋，我们就天天吃洋芋汤，把一只两只大洋芋除皮切成片，煮大锅汤，只消放点盐，那味道就鲜得直下饭。有时候在洋芋汤中放几片咸肉，或是“开洋”，那味儿真是鲜极了！

我对洋芋是有感情的。尽管那年头吃得多，现在也仍喜欢吃。刚下乡两三个月，我和妹妹两个人，一人就分了一千多斤洋芋。

老乡告诉我们，放到阁楼上之前，尽量晾干，不晾干，洋芋易发芽。一发芽，洋芋就有毒，不能吃了。生产队分洋芋给我们，一斤算一分钱，钱不用付，到年终结算时，会计从工分里扣。你们吃不完，可以卖。

卖给哪个去？我们面对一大堆洋芋，真的发愁。老乡告诉我们，到了赶场天，自会有城里人来收，三分钱一斤。他收了你的洋芋，请你挑到赶场的久长县去，或是挑到三里地外的公路边上，又付三分钱或四分钱一斤。自己把洋芋挑到街上去卖，也只能卖七八分钱一斤。你挑上一百斤洋芋，跟着大伙儿一起到黎安哨去，那里有省城下来的大卡车，专门收洋芋，一斤可卖一角多钱。

一分钱分来，挑出去能卖一角钱，这买卖诱惑力很大。

挑洋芋去黎安哨卖，是砂锅寨老乡年年要做的一件事情。

我犹豫了好久，终于下决心跟着老乡们去一趟，不过我挑不动一百斤，咬紧牙关，只挑了八十几斤担子。卖洋芋的队伍在山路上拖成长长的一队，前不见头，后不见尾。不过像我这样挑八十斤的，是极少有的。婆娘们说话，更刺人，说像你这么没劳力的男人，哪个姑娘也不会跟你。一路上开着玩笑，坐下歇气时有人还亮开嗓子唱歌：山路弯弯长又长，七天七天赶一场，不为油盐不为米，赶场就为看姑娘。看姑娘呀看姑娘，不看姑娘的花衣裳……

多年以后，我和农民们搭上卡车去黔西北的高寒山区威宁、毕节一带串换洋芋的种子，听当地的彝族老乡说，一百几十年前，英国的传教士来到这里，建了教堂，向山乡里的农民们传教，他们把洋芋带了来，栽种在山地里，结果收获的洋芋比他们在英国本土上的还要大，还要诱人。于是乎，四乡八寨的老乡纷纷来要了洋芋去种。“洋芋，洋芋”就这么叫开了。

直到此时，我才恍然大悟，为什么在那么偏僻闭塞的贵州村寨上，土豆会被叫作洋芋。也是直到此时，我才明白了，为什么隔开几年，地处黔中的修文县农民们，总要坐上整整一天的卡车，在山路上颠簸个够，到威宁、毕节去串换洋芋的种子：那是为了保持杂交的优势，使得洋芋年年都能获得丰收。

草 庵

上海人称茅草房为“草棚棚”，而贵州山乡的草庵要小得多，它只到人的胸口那么高。到了山乡插队，只要上坡去，经常可以见到山巅上、岭腰间搭起的草庵。用一根粗棍子、几根细棍子搭起一个三角形的架子，覆盖上茅草，留出向阳的一面作为人进出的门洞，讲究一些的，用草编织一个帘子遮挡路人的视线，权当作门。

秋收时节，谷子熟了，苞谷露芽了，黄豆爆荚了，为防止人偷盗，离山寨远的田头地角，就搭起一个三角形的草庵，安排人值班守夜，睡在里头。一听到什么动静，就拿起锣一阵敲打，一来是警告惊吓小偷，二来是让村寨上快派人来抓小偷。偷盗风盛的时节，值班的民兵还带着火铳枪。

在放牛的鸭子塘边那一大片草坡上，一年四季都搭着草庵。那一大片草坡绿茵茵的，草势长得好，又有鸭子塘这一泓净水，特别适宜于放牛。只是，鸭子塘离砂锅寨足足十几里山路，一遇落雨，特别是年年夏季要下冰雹，牛们可以躲避在岩岸凹进去的地方，人就无处去。这时候草庵就起到大作用了。每当这时候，草庵里头那小小的三角形空间，就显得特别温暖、安全、舒适。哦，原来搭草庵也是有讲究的，你看，外面风狂雨猛，草庵却纹丝儿不动。别小看了顶上覆盖的那一层薄薄的茅草，雨点下得那么大，它却一点不漏；山水沟里的水“哗哗”地淌得那么凶，它却不会流进草庵里来。原来搭草庵也得看地形，挑平顺避风的坡地，搭好了还得在周围用锄头挖出一圈排水沟，雨下大了，山水漫坡淌下来，顺着排水沟就淌走了。

草庵还是挖煤汉子们少不得的。号准了煤脉，要开挖煤洞了，离煤洞口不远，就要搭起一个草庵，挖煤汉子们累了，就坐在草庵里喝茶、歇气，甚至躺下来打瞌睡。到了吃饭时间，就在草庵边烧起一堆火，从草庵里拿出带上山来的饭菜热一热吃。

贵州多雨多雾，煤洞里十分潮湿，挖着煤时常还会遇到凶险的水仓，一镐挖下去，一大股水迎面冲出来，把人都能冲出洞外。我第一次去挖煤，穿了三身衣裳，心想里面再潮，最贴身的衣裳总是干的，哪晓得才从深深的煤洞里拖出一船煤来，里外三身衣裳全打湿了。衣服吸满了水，又湿又重，不但难受，还成了负担。我再一看钻进洞子的挖煤汉子们，一个个全脱得光溜溜的，浑身上下啥都不穿，只在腰间系一条细细的红绳子，据说这红绳能起到避邪的作用。我没红绳子，但也三下五除二，把三身衣裳全脱下，晾晒在草庵顶上，一丝不挂地钻进了煤洞。

原来，这草庵搭在煤洞口，还是汉子们脱衣、穿衣的地方。

修湘黔铁路初时，学习大庆大寨的经验，“天当铺盖地当床”“先治坡，后治窝”，白天光忙着修铁路，到了晚上，每人发一根棍子，一大张芦席，自己解决睡觉问题。不少知青拿着棍子和芦席束手无策，我则利用棍子和芦席搭起一个架子，问老乡借来镰刀，在三脚架上铺一层茅草，搭建起一个栖身的草庵，头枕着工作服折起的枕头，倾听着重安江的涛声，睡了好些安稳觉。

牛 肉

插队在砂锅寨，一个难以适应的事情，就是天天的一日三餐，找不到东西吃。体力劳动消耗大，青春的体魄又需要营养，可每一餐饭都像农民们那样，清水煮白菜蘸辣椒水下饭。

突然有一天，同一知青点的小李兴冲冲地买回了六斤牛肉，眉飞色舞地说，今晚我们过“共产主义”，吃“土豆烧牛肉”！

知青们围住他问：这么好的牛肉，多少钱一斤？

六角钱。他说，六斤牛肉六角钱。

有人担心起来：会不会是病牛肉，老乡不敢吃，才这么便宜卖给我们。

小李正色道：我问得清清楚楚，这条牛是活活摔死的，硬伤，不是病牛。

那为什么卖得如此便宜呢？

小李也讲不明白，只说老乡讲了，这里的风俗，不吃牛肉。

砂锅寨的夜晚，黑得迟。小李懂一点烹饪，在土豆烧牛肉汤里，还加了一点作料，那股逗人食欲的香味儿显得更浓了。

那晚我们六个男女知青终于过上了“共产主义”，每人盛了一碗土豆烧牛肉汤，那又香又鲜又美的滋味啊，时隔几十年，还留在我们的记忆里。

第二天跑去问寨子上的老乡，牛肉为啥子这么便宜。

老乡指着正在翻耕的牛说：你想嘛，牛一辈子辛劳，为我们犁田耙土，一年到头就是吃点草，它不小心从山崖上摔下来死了，人还要吃它的肉，讲得过去吗？

以后，我们仍然常买便宜的牛肉煮来吃，砂锅寨的老乡却仍然不吃牛肉。每年的夏季，雷暴雨季节，或是下冰雹那几天，总有被雷打受惊的牛从陡峭的山崖上失脚摔死或摔成重伤，农民们就会来喊我们知青，去割牛肉来吃，不用付钱。但他们有一个附带条件，就是希望我们顺便挖一个坑，就地在山坡上把牛的尸体掩埋了。

每当这个时候，我们似乎总能体会到，农民们对牛的那一份朴素的感情。也是在这一过程中，我们更深地理解了这些天天和牛打交道的农民。

鸡 公 车

鸡公车在今天的砂锅寨也已经销声匿迹了。贵州人还没办民俗博物馆，我想当他们要办民俗博物馆时，一定会想到把鸡公车放进去。只怕到那个时候，要寻觅一辆传统的、真正出自农家匠人之手的鸡公车，是很难很难的了。

因为我从 1998 年起，几乎年年都要回一次砂锅寨，十多年里，我睁大了双眼到处找，也不见一辆鸡公车。问老乡，老乡瞪大一双惊讶的眼睛，说，这年头寨子上有人买了小汽车，有好几辆摩托车，几乎家家户户都有自行车，还要那笨重的家伙干啥子？要找也找不着了。

鸡公车就是独轮车。在上海读小学中学时，我只在电影上看到过它。

到了砂锅寨，我才晓得了真正的鸡公车是什么样子。记得头一回看到老乡推着它走出来，那么轻闲自在，我们都好奇地围了上去，争着要老乡让我们试着推上几步。

一上手才晓得，鸡公车上不装货，自身就好重，要费一点臂力，才能推得动。一咬牙使劲往前推，鸡公车的独轮子一歪，车子已倒下了。要扶它起来，更加费力。

老乡笑眯眯地从我们手上接过车把，将车上的背带往肩膀上一套，遂而双手轻轻一提，鸡公车轻轻巧巧地往前走了。

真是神了！

有男知青不信邪，借了一辆鸡公车，用了半天时间，费了老大神，才把鸡公车推起走了。只是走了十多步，鸡公车还是倒在了地上。况且，他推的还是空车。

我在砂锅寨生活了 10 年 7 个月的时间，终究还是没有学会推鸡公车。

不过，山乡里的农民们，是少不了鸡公车的。在 2005 年公路没修到砂锅寨之前，寨邻乡亲们到久长街子上去赶场，随身带的农副产品，主要靠背篼背，靠双肩挑，靠鸡公车推。1964 年修通了马车道，砂锅寨家境好的农户，有两家买了自行车，可以用载重自行车带一些东西。当然山乡里还有马车，但那是属于集体的，赶马车的汉子愿意帮哪家捎带东西，就帮哪家带。马车要为集体装饲料，拖石头，运石灰、砖瓦，就无法捎带东西了。

老乡主要的装货工具，就是背篼和箩筐。可一只背篼，装足了农副产品，无论是魔芋、萝卜，还是洋芋，充其量只能装五六十斤。而挑担的汉子，劳力好的，两只箩筐里，最多也只能挑一百二三十斤走长路，一般的男子，大多只能挑百来斤。像我，锻炼了好几年，走长路也只能挑个八十来斤。

鸡公车就不同了，把粮食、农副产品、山货装在上头，一二百斤照样可以轻轻巧巧地推着往前走。特别是老乡要把养肥了的猪送去食品站，哪怕这猪养得已有二百多斤重，只要把它往鸡公车上一装，拴好了，就能推着走。

我虽不会推鸡公车，但是喜欢看老乡推车，看得久了，抬起头来，望着层峦叠翠、关山阻隔的贵州高原上那一条一条细如长蛇的崎岖山路，情不自禁会想，在砂锅寨既不通马车道，也没有稍宽一些的大路时，鸡公车不晓得陪伴着栖息在这块土地上的老乡度过了多少岁月。砂锅寨上的土地庙，已有300多年历史，那一棵两个人抱不过来的老槐树已有400多年历史，离砂锅寨三里地的另一个大寨子车牛铺，元末明初的史书上已有记载。想必，在久远的古老的年代，鸡公车就已陪伴着这里的寨邻乡亲们度日月了吧。

从这个意义上来说，鸡公车真该进民俗博物馆。

土 地 庙

土地庙坐落在砂锅寨的寨子中央，青岗石砌得平平整整的大院坝边上。站在土地庙门口，居高临下，一眼就可以看到砂锅寨前面大片大片的苞谷土和水稻田，老乡们称呼这一大块足有 200 多亩的田土谓“门前坝”。

贵州人把稍微平顺一点的地方，叫作坝子。而门前坝，则可以视作大坝子了。

我们到砂锅寨插队落户的知识青年，从来没有见过土地庙香火缭绕的情景。1969 年早春时节走进砂锅寨的时候，“文化大革命”早就经过了轰轰烈烈的“破四旧”阶段。故而我们看到寨子中央这一间敞着一面墙的房子里，堆了半房间生石灰，认为这就是砂锅寨老乡用来堆石灰的房屋。

在过了几个月以后，老乡们才告诉我们，这是砂锅寨已经建了 300 多年的土地庙。果然，集体的石灰出空以后，土地庙后墙上显出了佛龛，只是没有见着土地菩萨。据年长的寨邻乡亲说，“破四旧”时砸烂的土地菩萨，塑得还是相当慈眉善目、逼真传神的。

只要是天气不落雨的日子，生产队长吹响哨子，招呼大家出工的时候，整个砂锅寨的男女劳动力，都会扛着锄头，背起背篼，挑起箩筐，相聚到土地庙前头来，听候队长的分派，哪些人挑粪上坡，哪些人下田翻犁，哪些人去采秧子，哪些人去挖开田缺……

黄昏时分，或是中午回家来吃过晌午饭，爱热闹又不想干家务活的农家小伙，也会聚在土地庙门前，东拉西扯说上一阵闲话。我也习惯了，只要闲下来，就往土地庙门前走，特别是月亮好的晚上，和年龄相仿的农家小伙子天南海北地吹上一通。

1972 年的夏天，下了一场大雨。连续下过一天一夜大雨之后，漫溢而来的大水把砂锅寨几块低洼的水田都淹没了。连续下了三天三夜，寨子到处都是灾情，老农们只得发出一声一声哀叹："龙起身了，洪涝来了！"

大雨下到第三天下半夜，我被一个震耳欲聋的疾雷打醒，觉得床边有什么异响，摸着枕边的电筒打亮一看，哎呀，床沿边亮晃晃的是什么呀？定睛一看，竟然是水。

我的睡意顿时给吓跑了。水已经漫进了我赖以栖身的黄泥墙茅草屋，电筒光影里，满屋的水把我屋里的所有东西都托浮起来，塑料拖鞋、锅盖、人造革马桶包，还有几片木板……要晓得，黄泥巴筑起的墙，给这么大的水一泡，是要泡酥的呀！恐怖的念头一个接一个掠过我的脑际，我顾不得多想，一手紧握着电筒，一手抓着床脚的一条裤子，顾不得穿上身，"扑通"一声跳进水里，踏着齐膝盖的水，冲出屋去。大院坝里，也是一大片晃动的水。这当儿，我脑子里只有一个念头，往土地庙方向跑，斜前方的土地庙那儿地势高。

那夜我踩着水，顾不上寒冷，顾不上满身淋得透湿，深一脚浅一脚地往土地庙那头走过去。虽然是夏天，可在黔北山区，历来就有一句老少都晓得的俗谚：四川的太阳云南的风，贵州落雨当过冬。一连下了三天的大雨，气温已经很低了呀！

第二天早晨，连续下了三天三夜的大雨总算停了，10点过后，还出了太阳。漫溢在大院坝里的水退到了门前坝的大水沟里。我居住的泥墙茅草屋，水也退了。但是，被大水浸透了的黄泥巴墙，长时间地泡了半夜，有的地方已经垮塌下来，没垮的泥墙，被泡酥的泥巴也在不停地往下落。老乡对我说：这房子住不得了，是危房！

我也晓得这房子是危房，可是我住到哪里去呢？再说，屋子里的东西都被大水泡过了，黄豆、苞谷、衣裳、我写作的纸张，还有两箩筐洋芋，全被水泡得不成样子，最心痛的是那半麻袋大米，要知道，那是我天天要吃的口粮啊！米被大水一泡，煮出来是个啥子味道啊。

我走进茅草屋，拿出一只被水掀翻到床脚边的小凳子，坐在一大院坝中央。双手抱着脑壳，欲哭无声。

队长走过来，我睁大一对昏乎乎的眼睛，茫然地问："我住到哪里去？"

队长显然是找人商量好了，他对我说："有什么地方住？想来想去，只有让你住这间土地庙。"

我愕然地望着敞开一面墙的土地庙，心里说：天哪，这地方怎么住？

队长像是看穿了我的心思，手一指土地庙说："现在这样子，当然不能住人，我和袁家说了，你暂且去袁朝善家住几天。我找人来，把土地庙清扫干净，砌上一面墙，安上一扇门，还给你装一扇窗，玻璃窗。"队长特别强调了玻璃窗。因为我们原先住的知青屋，是没有玻璃窗的，只在泥墙上挖了一个洞，嵌了一块玻璃进去。

没几天工夫，队长就派人用砖把土地庙砌起了一堵墙，还装上了一扇门，果然还有两扇小小的玻璃窗，把我的木床、三抽桌、煤油灯都搬了进去。但是队长说，你不忙搬进去住，刚砌的墙，石灰气息重，过了夏天你再住进去。

夏去秋来，土地庙里头干燥了，我就搬出了袁家的阁楼，住进了土地庙。夜深人静，点起煤油灯，我细细端详着庙里的一切，青岗石块足有尺把厚，三面墙都十分坚实牢固，屋顶上是瓦片，面朝大院坝还有门、窗，比我原先住的泥墙茅屋还强呢！

躺在床上我时常会想，原先供在这里的土地菩萨是个什么样子？他会不会责怪我占了他的地盘呢？《西游记》中，孙悟空一跺脚，土地菩萨就会应声出来答话，他会不会也在夜半三更出来同我讲话呢？

也许他同样看我可怜吧，从来没找过我的麻烦。

一晃三十多年过去了，2005 年砂锅寨建起了一所“叶辛春晖小学”。老乡们在土地庙上头挂了一块牌子：“叶辛旧居”。我回去看到了，对他们说，现在好些村寨都重建了土地庙，香火旺得很，你们咋不把土地庙恢复起来。老乡说，你当年住在里头，他都不找你麻烦，可见他老人家是乐意的。我们挂这块牌子，说的是实情，也让人不要忘记，你最早的那些书，是在这里写出来的。

我心里说，岂止是别人，就是我本人，也不该忘记啊。

坛 坛

刚到砂锅寨，走进寨上农民的家中，无论是住在茅草屋内的贫困户，还是住在砖瓦房里富裕一些的人家，无论家中人多还是人少，我们像发现新大陆一般，看到农民们家中厢房的里侧、堂屋后面的小房间内，都放置着高高矮矮、大大小小的坛坛。有的人家少一些，不过两三只，有的人家多一些，长长的一排，挨墙放着，足有七八只、十多只。

初来乍到的，我们不好意思问，坛坛里装的是什么？回到知青点集体户，我们还费神地猜测，坛坛里装的也许是酒，是腌制的咸肉什么的。

后来老乡告诉我们，这是每家必备的泡菜坛子，也叫酸菜坛子。老乡还拉我们走近了去看。细细一看，这坛子还真有它奇妙的地方，和我们在上海见惯了的坛子不一样。其最大的差别，就在于不管坛子是大是小，都有一道宽宽的坛沿，这坛沿里装着清水，坛坛的盖子倒扣在坛沿的水里，给整个坛坛起一个隔绝空气的密封作用。

为了让我们领会坛坛的妙处，我们每个知青几乎都受到过这样的待遇：老乡会当场取出碗筷，小心翼翼地揭开浸在坛沿水中的盖子，用长长的筷子从坛坛里夹出萝卜、豇豆、辣椒、莲花白、胡萝卜、苦瓜、四季豆、芹菜……一句话，田土里出产的瓜果菜蔬，都能洗净了放在里面泡。一般的新鲜蔬菜，头天泡进去，第三天傍晚就能吃了，味道微酸，带着清香气，一点也没生涩之感，我们就喜欢尝这个味道。可农民们觉得味道不够，他们总要吃泡上七天至十天的酸菜，才觉得下饭，酸得有滋味。我也尝过浸泡了十多天的酸菜苔、酸萝卜，就觉得酸味太重，连牙齿根都酸着了。吃过以后，连忙要喝口水漱漱口。农民却觉得，这才是真正的酸菜。

砂锅寨农民，无论老少，都爱吃酸。他们还念念有词地唱：三日不吃酸，脚杆打闪闪。连续几日不吃酸东西，干活的力气没有了，山也爬不动了。

这又是啥原因呢？

这同贵州山地特殊的气候和历史有关系。天地遥远、关山阻隔的贵州高原，历来不出盐，千百年来，被贵州山民们视为“斗米斤盐”的盐巴，都得从四川经赤水河逆流而上运过来，运到贵州，人背马驮，费老大的力气，一坨盐巴卖得就比一百多斤米还贵。家中一坨盐巴，被人看得金子般贵重，轻易不往菜里放。一般的菜肴，煮熟了以后就靠辣椒、靠酸来提味。如今不要说四川自贡的井盐，海盐也大量地运进贵州，盐巴再不是什么稀罕物了。可祖祖辈辈流传下来的饮食习惯，却难以改变。砂锅寨上的老乡，乃至贵州任何村寨上的山民们，都习惯于食辣吃酸。天天要吃酸，泡酸菜的坛子就是少不了的必备品。酸吃多了，花样也多，一家和另一家坛坛里泡出的酸味不一样。有的泡出番茄酸味，有的是糯米酸，还有糟辣酸、虾酸、盐酸……每一种酸都有其独特的酸鲜味。用这些各具特点的酸鲜泡菜煮鱼、煨汤、烹肉，那一股股鲜美的酸香，会让人吃过以后久久地不易忘怀，真可谓砂锅寨坛坛泡出的是一酸一格，酸出百味。

最后我要补充一句，前面提到的将苦瓜泡在坛坛里，不是像其他食物一样夹出来吃的，虽然泡过的苦瓜也能吃，但那股苦酸味儿，我始终吃不惯。苦瓜泡进坛子，主要为的是保持那一坛酸水的清亮醇香，不使坛坛里的原料变质生花。

故而，直到今天，砂锅寨老乡们的生活大为改观了，泡菜坛坛仍是家家户户必备的日用品。

酒

酒是时常被砂锅寨汉子们提起的东西。说得最多的一句话就是：这人吃酒醉了。

但是这并不等于说，砂锅寨汉子们都是酒鬼。在村寨上生活得久了，我发现砂锅寨的老少汉子中，真正喜欢吃酒，且经常喝醉的人，和其他地方一样，都不多，是少数。只是对于酒喜好的人，却是很多很多，比例比任何地方都高。

这是啥子原因呢？

原因和贵州山乡特殊的气候条件有关。说起贵州，自古以来的俗谚就是两句话，十个字：天无三日晴，地无三尺平。

至今仍是如此。所谓“天无三日晴”，就是雨多。我们初下乡的一二年间，经常是在扛着锄头上坡的路途中，遇上一场雨骤然而下，队长朝我们喊一声：下雨啰！回去吧。于是我们欢欣鼓舞，撒开腿就跑回寨子，满以为这一天准可以清闲下来，做些自己想做的事了，却不料，回到寨子刚刚喘上口气，天又放晴了！队长的哨子伴随着他的催促声又响起来：天晴啰！上坡吧。逢到阴晴不定的日子，有时候一天中，这样的情形要重复多回。更加难挨的是，遇到春秋天里连日阴雨的日子，天上飘洒着细细的毛毛雨，那雨帘随风飘散着，一会儿吹向东，一会儿吹向西。你从这家走到那家去，既不用撑伞，也不用披蓑衣，衣服也不会打湿。如果你走三里路到下伸店里去买包烟或是啥日用品，看看雨不大，同样不带雨具，一个来回半个多小时走下来，你准定发现上当了。那雨虽还是柔柔地无声地在飘洒，一摸衣裳，完了，两用衫、夹袄全湿透了。如果穿的是棉衣，那更惨。雨水从面子渗透到里头的棉花，沉甸甸的。更要命的是，这件棉袄几天内是穿不上身了。在连日阴雨的潮湿空气中，如果不去向老乡借来烘衣架子，那衣裳是不愿意干的。根据我的处女作《高高的苗岭》改编成的电影《火娃》，在拍摄的日子里，美工老李把一件贴身的汗衫洗了，晾在客房里，还开着窗子通风，晾了四天，那件汗衫仍是阴湿阴湿的。他把我叫到晾着的汗衫跟前，让我摸一摸汗衫，问我是怎么回事。我告诉他，空气里湿气重，干不了。在北京半天就会干的汗衫，在这里忙着穿，只有用熨斗烫。哪怕是出太阳的日子，一件汗衫也得晒一天才会干。

正因为如此，砂锅寨的汉子们活到四五十岁，都会患上风湿疼痛的毛病，有的人更严重，三四十岁时风湿性关节炎就上身了。正常的农事季节，下雨可以不出工。可在农忙时节，节气不等人，天落雨人还得干活。正是在那些年里，我才理解了，我们古人留下的那些画作里，为什么画面中总有披着蓑衣干活的农民。

阴冷潮湿多雨，加上山地的雾气重，千百年来，砂锅寨人栖息在这样的环境里，生理上也会生出对酒的需求。夜深人静时守着丰收在望的山野田坝，他们会讲起酒；寒冽的冬日坐在火塘边，他们会说起酒；身子遭雨淋湿了，他们会叫一声：这时候要有口酒喝多好！

只可惜在我插队落户的十年间，酒是紧张商品。每年，只在春耕大忙栽秧子的季节，汉子们天天要弯下腰去插秧，才配售给每家农户一斤酒。同样，秋收大忙时节，要收割谷子，要弯腰打谷子，也配售一斤。春节是传统佳节，也会给每户供应一斤酒。可那是什么酒呀，用老乡们的话来说，是掺了水的苞谷酒。五角六分一斤，打回来的往往一半是酒，一半是水。

喝着如此低劣便宜的酒，一点也不妨碍汉子们用崇敬的、自豪的、不容置疑的语调讲起茅台酒。这方面的内容，我在《茅台酒秘史》一书中已经写过，就此打住。

砖 瓦 房

在我插队落户的十年中，后几年是在耕读小学当民办教师，拿的是工分，干的是教书育人的活。

有一天，我问班上的同学们，长大了最想干什么。男男女女的娃娃们全把手举了起来。我连忙叫起了坐在第一排的“捣蛋鬼”：你说说看。

“捣蛋鬼”挺起胸脯，提高了声气说：到修文饭店烧火。

我不觉一怔，砂锅寨属于修文县，县城的十字路口，有一家全县最大的饭店：修文饭店。可是，这个学习成绩不错的捣蛋鬼，最大的理想怎么会是去那里烧火呢？

我镇定了一下，望着一本正经回答的捣蛋鬼，不由得问：为什么？

没等“捣蛋鬼”吭气，全班的男女同学不约而同地齐声回答：有白米饭吃。

哇，这么多人抢着回答，看来他们的答案是共同的。我不由得有些心酸，是啊，粮食不够，砂锅寨农民们的主食，主要是苞谷、洋芋、番薯、巴山豆，每年收获的谷子打成米，只能拌和着这些杂粮蒸来吃。自小到大，他们做梦都在盼望的，就是能天天吃上白米饭。

看见我愣怔地站在那里，“捣蛋鬼”放低一点声音，像怕惊动了我的沉思一般说：爸爸带我去县城赶场，我看见饭店烧火的师傅，一顿能吃两大碗白米饭。

我点点头，表示相信他的话，摆手示意他坐下。是啊，“捣蛋鬼”一定觉得，一顿饭能吃上两碗米饭，就是最大的幸福。

如果把这同样的问题问砂锅寨上的成年人，那么，他们必定会说，人生最大的愿望，就是积攒起一笔钱，给全家人盖一幢砖瓦房。干农活歇气时，开群众大会前，或是冬腊月间坐在火塘边摆龙门阵，农民们说得最多的话题，就是盖砖瓦房。可以说，砖瓦房是砂锅寨农民的最大理想。

在我落户砂锅寨的前后十年中，寨子上的房屋大致分为三大类。一类是泥墙茅草房，泥巴就是山地里的黄泥巴，黏性大，用筑墙的架子和木锤把泥巴使劲地夯实压紧，竖起房架子来，分成三大间，中间那屋是灶房，两边的房间又一分为二，分别作为卧室、厢房，让一家老小住。干打垒的泥墙上头铺一层竹笆，作为阁楼，上面堆放集体分给的粮食，包括谷子、苞谷、各式豆子、辣椒、油菜籽和最大宗的洋芋。屋顶盖茅草。两边山墙则用苞谷秆秆编织的帘子遮挡一下风雨。这是贫困农户最常见的房子。这类房子往往没有正规的院坝，门前就是一小块平地，考究一点的用三合土涂抹一遍，便于收获之后晾晒庄稼。

第二类房屋就是砖瓦房了。砂锅寨农民那几年中新盖的砖瓦房，一般分为两种。一种是底下这一层用砖砌墙，一层往上的阁楼，则用木方竖架子，用竹子编成墙壁，再在竹笆上抹石灰。建成以后，一层是砖墙，一层以上是深色的木架，白石灰墙，看去也是很悦目的。盖到后来几年，农民们就直接用砖盖到屋顶了。青砖的瓦房，砖与砖之间用石灰勾勒出白线，黑色的瓦顶，无论远近，看着都很安逸。安逸，农民们用这两个字，就表示十分满意了。砖瓦房也是三大间，其格式同泥墙茅草房相同，但是走进屋里头，感觉就大不同了。石灰刷的墙雪白整洁，墙上开着窗户，光线也明亮。茅草房厚厚的泥墙上不易开窗，即使挖个洞，也只能嵌一块玻璃进去，不能开关。

第三类房子同样是砖瓦房，只是盖得更讲究一些，在主房的两侧分别往前加盖两间厢房，一边作为灶屋和吃饭的房间，另一边则是牛栏、马厩、猪圈，让大牲口也住上砖瓦结构的房子。牛栏、马厩、猪圈的上头堆放柴火、木料或是干透的谷草。据说原先的地主家庭，盖的就是这种庭院式的房子。三边的房屋形成一个院坝，院坝里铺上一层青岗石，院坝前头建一座朝门，到了晚上，朝门一关，一户人家就自成格局，十分安然了。不过，我生活在砂锅寨的十年中，也只有两三户劳力多、有人在外头挣工资的农户，盖上了这样漂亮考究的房子。大多数农民，仍只敢朝着一般的砖瓦房努力。

要建砖瓦房，砂锅寨农民不愁地基，只要跟生产队说好，把老屋的地基交出来，就能在村寨附近划一块同样的地基建房。有的人在老屋地基上住惯了，认为是祖宗留下的宅基地，风水好，生产队还会腾出保管房让农民临时居住，然后把老屋推倒，在原先的宅基地上盖新的砖瓦房。建屋是大事，众人都会相助。

要建砖瓦房，首先得筹一千块钱。这一千块钱是烧一窑砖瓦的价格，包括一万块砖，还有三大间房屋必需的瓦。在筹钱的过程中，家中的主要劳动力，还得费力地筹足石料和木料，说是费力，花的不光是力气，还得要有钱。用老乡的话来说，“说尽黄河就是水”。没有钱，你吆不来劳动力帮忙上山开石头、扛木头。同住一个寨子上的兄弟、亲属，可以出力为你干活，到了时间你得招呼他们吃饭、抽烟，忙碌一天，晚上那一顿饭，总得备一点酒，让人喝了活活筋脉。这是砂锅寨上换工最基本的条件，你找我帮忙是这个待遇，我请你帮忙也是这个待遇，怠慢不得的。烟啊酒啊添的菜啊，都是钱。石头开好垫在山地上做屋基，木头扛下山来架梁搁椽做门窗。一千块钱交给生产队，生产队的砖瓦窑上给烧出一窑砖瓦，请人将砖瓦挑到屋基上，挑一个黄道吉日，就能正式开建砖瓦房了。

开工的日子往往挑选在农闲时节的大晴天，一个是夏日，田里的水稻薅过秧正在茁壮成长，坡上的苞谷正在毕剥有声地往上长，汉子们稍空闲些，可以腾出时间来相帮。另一个时间段往往是秋收大忙刚过，砂锅寨的雨雾会少一些，总有十天半月的小阳春气候，不冷也不热，也是开工建房的好时节。

一旦开了工，建房的速度是很快的。砂锅寨是 300 多口人的大寨子，有不少能工巧匠，有的擅长石工，有的擅长木工，还有竹篾匠、油漆匠，至于砌墙建屋的泥瓦匠手艺，几乎每个汉子都能上手。这是何故呢？

这要归功于三线建设。从 20 世纪 60 年代到 70 年代初，贵州是国家三线建设的重要基地，大量的厂矿按照“靠山、隐蔽、分散”的方针搬迁进贵州，无论建厂房，还是建职工住房，都需要大量的建房民工。砂锅寨上不少汉子都去工地上干过活、建过房。用他们的话来说，建过那么大的房子，盖过那么高的楼，回到村寨上修自家住的房子，简直是雕虫小技，不费啥事儿的。

这倒不是他们吹，有的人砌一幢平房的墙壁，不消一天就能收工。

房子砌了起来，最大的事情就是上梁。如果说寨子上惊动老老少少的大事情，除了红白喜事和为八九十岁的老人祝寿，其次就是盖新房上梁了。

我插队落户的年头正是“文革”期间，所谓的“破四旧”把以往的陈规旧习破除了，上梁的程式也简易化了。不过，建房的主人仍会在赶场天，去买回鞭炮、烟酒、糕点、糖果，还有拴在梁上的红绸子。在上梁那天，鞭炮响起来，主梁架上去，主人就把烟、糕点、糖果散发给所有前来看热闹的老人娃崽和寨邻乡亲。

在那个年头，盖一幢新房，真不易啊！

让人欣喜的是，时隔三十多年，去年秋天我又去砂锅寨时，砂锅寨上的老乡，家家户户都盖起了二层楼的新房子。这些房子，清一色是青砖的楼房，粉墙黛瓦，既保留着传统砂锅寨民居的特点，又让人感觉整洁干净、宽敞明亮。无论远远地站在寨子外头眺望，还是走进一家一户院坝，都让人有焕然一新之感。

当年那些泥墙茅草房，一幢也看不见了。

秧 被

秧被是我到砂锅寨插队以后才听说的东西，头一次听到“秧被”这两个字，我不晓得是啥子东西。于是就刨根究底地追问农民，何为秧被？

老乡嫌我少见多怪，就简洁地告诉我：就是秧织的被子。

我还是不明白。在我心目中，秧苗绿油油的，长在水田里，整天沾着水和泥巴，怎么可以织成被子？我继续问，老乡有点不耐烦，就对我讲，穷得滴血的老干人，到了冬天，没被子盖，就用秧苗织成粗被子，盖在身上御寒。

我仍然道不懂的。在砂锅寨，在黔北，在贵州贫寒山乡，穷人称作干人。老干人就是穷得像枯竹一样，榨不出一点水来的最穷的山民。这一称呼，经我几次打听之后，我总算明白了。但是秧苗织成被子这个事，我百思不得其解，寻思着总得把这个谜解开。

到了来年正月里，山寨上开始泡谷种了，我就跟去看，看老农如何把去年秋收时留下的良种放进大大的谷桶，一层一层洒上低温水，最上面一层铺上厚厚的谷草，让谷种在桶里绽芽苏醒。

早春二月，生产队里要将谷种撒进秧田了，我又跟去看。砂锅寨的秧田，都选择在寨子门前几块最肥沃的田头。只见老农在大块的秧田角上，隔出一小块水田，让它和大田分离，遂而驾着牛，用犁耙翻来覆去地来回耙平，直耙得秧田里的肥泥巴像绸面般细腻光滑，才把谷桶里已经绽出白色嫩芽的谷种，密密麻麻地撒在秧床上，撒完以后，又在上头小心翼翼地盖上薄薄一层谷草。

这是干啥子？我问。

老农告诉我，时令虽已进二月，可说不定什么时候气温骤降，来一场倒春寒，才出土的秧苗就会被冻死。铺上谷草，就像给它们盖上防寒的被子。

莫非这就叫秧被？

老农说不是。

春风拂面，阳光明媚，隔开半个月二十天，秧床上的苗苗长得一寸多二寸高了，老农又把施足肥料的整块秧田犁翻耙平，遂而就将秧床上嫩绿嫩绿的秧苗移栽到一整块大秧田里去。三月油菜花开时节，寨子门前几大块秧田里的秧苗，就天天清晨顶着露珠朝寨邻乡亲们欢笑了，特别是阳光灿烂的日子，站在田埂上往秧田里望去，那一片悦目的绿，真叫喜人。

一声春雷响，好雨满田坝。到了打田栽秧的大忙时节，秧田里长势喜人的秧苗就被纷纷移栽到砂锅寨远远近近的水田里。山乡里靠天吃饭，尤其是砂锅寨几十亩的高坡田，雨水丰沛的年头，就栽种水稻。遇到天旱的年份，水来得少，只得让田变成土，改种苞谷。老天爷的事是说不准的，故而砂锅寨人年年都要多栽秧苗。情愿多出来浪费了，也不能让水田空着，找不到秧苗来栽。

春耕后期，秧田也要栽上秧子，多出来的秧苗便给全部连根拔起，丢弃在田埂上。

老农拿起一把秧苗，指着让我看，并比画着对我说：秧田肥气大，肥力也足，你看，秧苗的根须棵棵都很发达，移栽以后，就容易成活，长势也好。

我凝神细望，果然，秧苗的根须一根根都是白花花的，长长的，根须几乎和出土的秧苗一样长哩。

老农又指着田埂上的秧苗说：太阳一晒，那一棵棵根须还牢实呢。穷得没被子盖的人家，就捡回家去，用秧苗根须织成被子，那就叫秧被。

我骇然。就问，在哪家能看到秧被？

老农擦火柴点烟，不接我的话。

后来，我用一包饼干作见面的礼物，在一个老干人的家中，看到了一床秧被。和我们盖的被子差不多大小，粗粗糙糙的，摸上去扎手。

不过，老干人那年冬天已领到了公社发的寒衣寒被，说他已经不盖了。

砂 锅 宴

我这里写的砂锅宴，不是通常所说用砂锅炖出的一桌菜，而是砂锅寨人推出的菜肴。

我插队落户在砂锅寨的那些年，寨邻乡亲们一年四季吃的是苞谷饭，蔬菜蘸盐巴辣椒水下饭。家里有客人来了，用几斤黄豆推一锅豆腐，割下一块腊肉来切成片片炒或是蒸来吃，就算是丰盛的待客菜了。如果再炒上几只鸡蛋，那这顿饭就十全十美了。

哪里会有什么宴席啊！

不过我还正是在当知青时，就尝过砂锅宴。那是寨子上的小伙子接亲迎娶新娘。砂锅寨的俗话说：人逢喜事饭甑开。意思是逢到结婚、做寿这样的大喜事，要允许四乡八寨的老百姓前来祝贺。不管送了礼的还是没送礼的，不管是认识的还是不认识的，都要招呼到喜宴上来吃一顿饭。

砂锅寨 56 户人家老老少少 300 多个人，都要来喝酒、吃饭，还有方圆几个寨子上的亲朋好友，都要来祝贺，表示表示，你想一想，主人家要煮多少饭，准备多少菜。贫困年代，食品都很紧张，但是要结婚，要祝寿，每一桌总要凑齐十二到十六道菜，连汤带水的，让远远近近特意跑来的客人们吃饱。那年头，酒是限量的，除了过年，春季插秧，秋天收获，家家户户可以打上一斤酒，其他时候，供销社、百货店里，是没有酒供应的。不过要办宴席的人家，总有办法弄到酒，数量仍是很有限的，一桌一瓶苞谷酒。所谓苞谷酒，就是用苞谷酿的酒，是老乡私底下从会酿酒的朋友那儿买来的。说穿了就是老乡自制的土酒。土是土，酒精度也高，却从来没有吃出过毛病来。像后来听说的毒酒，把眼睛喝瞎了的事，在砂锅寨从来不曾发生过。

我参加过的几次砂锅宴，经常是菜上到一半，那一瓶酒已经喝完了。于是客人们的筷子就集中对付那陆续端上来的菜了。

那么，砂锅宴究竟上些啥子菜肴呢？

首先，凉盘中泡酸萝卜、酸豇豆这两道菜是必然会有的。为啥？只因主人家的大坛子里早就足足地备够了。一般的农家，不置办喜宴的，平时也在泡菜坛子里，要泡满满一坛的酸萝卜和酸豇豆，农忙时节，没时间做菜，干活回到家中，舀一碗出来就能下饭，而准备置办喜宴的农家，则早在半年前就腾出了家中最大的坛子，早早地泡上了萝卜和豇豆。和这两道酸味凉菜一起上来的，往往还有凉拌豆芽、凉拌莲花白两道菜。莲花白就是卷心菜，老乡们看它的模样儿像莲花，就起了这么一个名字。有人要问了，结婚、祝寿都是人间大喜的日子，怎么上的都是这一类过清苦日子的家常菜。我特别要说的是，这是“文革”期间由于极左路线的猖獗而格外贫困的日子，能凑出十几道菜来办宴席，已经很不容易了。

和头四道凉菜同时上桌的，会有两道可口一点的荤菜，头一道炒上来的荤菜，往往是糟辣椒炒肉丝。在贵州乡间，糟辣椒可谓是绝妙的美味。贵州人普遍都食辣，因而无论是当时集体所有制的生产队田土里，还是每家每户的自留地菜园子里，都会栽上各式各样的辣椒，红辣椒、团辣椒、鸡爪辣椒、小米辣椒……到了秋天，收获庄稼的同时，辣椒往往也收回寨子里来。那些年里种粮食要上缴公粮，种油菜要上缴菜籽，种烤烟也有计划，唯独辣椒既不用上缴，也不会征收。于是秋收时节的忙碌中，砂锅寨人还得忙着晾晒辣椒，加工干辣椒，烘烤辣椒面。其中最费事也最费时的，就是加工糟辣椒。把刚刚收上来的新鲜辣椒洗净了，剔去那些皮瘪的、生虫子的，放进木盆中，同时加上大蒜、生姜，然后就用装在木棍上的叉刀把辣椒剁碎剁细，让辣椒和生姜、大蒜末融在一起以后，撒上盐，再放上少许白酒，和着水一起装进坛子里。坛子必须是密封不透气的，隔十天半个月，打开坛子，嗬，一股带点微酸的香气，就够醉人的。在整个制作糟辣椒的过程中，必须要严格掌握的，就是绝对不能有半点油星子溅进去。一旦沾了油，满满一坛糟辣椒就失败了。岂止是失败，那坛子里还会生出一股极难闻的腐臭味，一坛辣椒只能报废了。而制作成功的糟辣椒，不但闻着香，看上去也讨人喜欢，那水是清亮的，那辣椒是鲜红鲜红的，夹杂着白色的姜末和蒜末，十分诱人。用这样的糟辣椒炒出一盘切得细细的肉丝来，硬是让人馋得流口水。

糟辣椒炒肉丝随着端菜的一声吆喝端上桌来，那扑鼻的香气，红色的辣椒，清亮泛着油光的肉丝，顿时会吸引围桌而坐的所有客人。往往这时候，一瓶酒也喝去了大半，人们就会带点酒意，筷子如雨点一般夹去，要不了一会儿，糟辣椒炒肉丝就被一扫而光。到了这时，总有客人会说一句：这宴席吃到肉丝上桌，算是吃出一点味道来了。

糟辣椒炒肉丝吃完的同时，另一道荤菜也上桌了，那就是砂锅寨人津津乐道的老腊肉。如果说炒肉丝吃的是办宴席前一天或是当天杀的猪，肉十分新鲜的话，那么老腊肉则是过年前杀的猪了。在砂锅寨，家家户户临到过年前夕，主要是腊月的中下旬，都要杀一头猪，改善一下伙食。猪杀下来，一家人敞开吃，从正月初一到十五，也吃不了多少。况且农家都节俭，杀猪头一天，会敞开肚皮痛快地吃一顿，随后的日子，每天不过是匀着尝一点荤罢了。余下的肉怎么办呢？有拿到街上去卖了，有换一点现钱还债的，也有挑上一块腿肉，让说亲的小伙子给未婚妻家送去的。但所有的农家，杀猪以后都要把肉吊在大土房的梁上，让天天烧灶头时的烟火，熏着新鲜肉。时间一长，烟火气息逐渐把肉熏得发红、发黑，甚至肉的表皮上都积起灰尘，这肉就不会霉烂、腐败。因为是腊月里杀猪以后及时吊上梁加工的，这肉就叫腊肉。而过了半年之后，腊肉的肉质收缩得更紧，颜色也更深，吃起来味道也更入味，老乡就称为“老腊肉”。老腊肉往往切得薄薄的蒸来吃，虽然肥瘦都有，可蒸出来的时候，大家还是喜欢吃肥的，那薄薄的一片，蒸熟以后透明透亮的，带着一股浓烈的烟火气息，真是别有风味。客多肉少，一般只是上面那层铺展着腊肉，下面垫着的，就是豆腐干了。

随着两道荤菜上桌，酒喝得差不多了，坐在桌边的客人们也不那么慌神了，后面的菜吃得就会从容一些，陆陆续续的青椒烩豆花、炒鸡蛋、竹笋炒肉片、辣子鸡、泡酸笋都会上桌。这其中，辣子鸡是砂锅寨及其周围村寨上的一道名菜。最好吃的辣子鸡不是用公鸡炒的，也不是用母鸡炒的，而是用阉鸡炒的。

前面说到杀猪过年，那是指家境尚过得去的农家。临到过年，杀一头猪，必须到食品站上交一头猪。这就是说，农户家中，至少得喂两头猪，才能保证过年时有一头猪杀来吃。一般来讲，一年到头，喂养大两头猪，不是啥难事。砂锅寨上劳力多的人家，喂养三五头猪的也不在少数。那年头在农村的口号是："猪多，肥多，粮食多。"只是天有不测风云，农户总有大灾小难，或是家中有的主要劳动力患了大病，或是娃娃生了重病，或是喂养的猪患了猪瘟，等等，临到过年时，家里只能精心喂养大一头猪。杀这头猪时，就得把半头猪上交给食品站。

公社食品站是代表公家的一级机构，农户交来一头猪或是半头猪，他盖上章，农户才能凭食品站的条子，去扯三元钱一张允许你杀猪的税票。拿到了税票，农户家才算取得了杀猪的资格。

刚下乡的一两个年头，我对这政策很不理解，食品站凭什么理由，就让农民把辛辛苦苦喂养一年的猪交给他们呢？后来我把自己的想法讲了，食品站的人轻轻一笑，反问我：农民不交猪，城市居民吃什么？你在上海时，吃的肉哪里来的？

我一下子被他说愣了，经食品站上的人解释，我才明白，农民交猪给食品站，食品站是付钱给农民的。只不过，付的标准是按国家的规定给，和市场上的价格差去一大截。对于农民来说，猪卖给食品站，等于是上交，得到的钱连喂猪的本钱也不够。一个"交"字，包含着极为丰富的内容。

故而在我插队落户的十来年中，砂锅寨农民养猪的积极性一直不高。家境困难的农户，干脆就不喂猪，选一只阉鸡，从春天养到腊月，近一年的时间，阉鸡总能长到10多斤，光棍汉陈德一，有一年养的阉鸡，杀的时候竟有 16 斤重。10 多斤的鸡肉，拌上 10 多斤的辣椒，在油锅里炒熟了又煮，舀进坛坛封好，穷困的农户家也能对付着过一个年，这么煮出来的鸡，又辣又鲜又下饭，就称作辣子鸡。煮的人家多了，辣子鸡越煮放的作料越多，逐渐就成了砂锅寨、黔北、贵州的一道名菜。几十年过去了，只要我回贵州，总要买上两只真空包装的辣子鸡带回上海，解解馋。

在砂锅宴上，和辣子鸡齐名的，还有几道菜，比如肉皮萝卜、鸡汤豆腐果、酸汤蹄髈，都是炖在砂锅里端上桌来的，白色的萝卜，红色的蹄髈皮，浮在汤面上黄澄澄的豆腐果，都是吃了一次就不会忘的美味，都有独到的加工方式。吃到这时候，看着桌上放满了一只只砂锅，你会觉得，这是名副其实的砂锅宴了。

第三辑 黔山贵水

人间最短的河

人间最短的河，却不容易到达。

当地老乡又叫它世上最短的河，从河的发源处到河的消失处，一眼看到尽头，老乡为它取名神龙河。

神龙河坐落在贵州和湖南相交的梵净山脚下。说它不可到达，是我的切身感受。梵净山是佛教名山，40 多年前去贵州插队落户时，就听说了梵净山的盛名。说这山上有一种花，世上少见，盛开的时候就像白鸽子展翅欲飞；说这山上有一块石头，有人叫它千页书，有人说它是万卷书，总而言之，就像千本万本书堆在一起耸立起来，永远不会倾覆。只是它在金顶上，十次爬上去，九次看不到它的真面目。一旦让你撞见，看到了一次，你的运气就来了。

那个时候坐火车路过湖南的新晃和贵州的玉屏，车上总有旅客说，从这里下车，再赶半天车，就能到达梵净山。可是只听见人说，从来没见人真下车去游玩过梵净山。

后来我由知青变成了作家，在省城贵阳工作，走遍了全省的山山水水，唯独没有到过梵净山，只因那年头，从贵阳到梵净山所在的铜仁地区，要坐两天长途客车，中间得在山乡的小旅店里住上一晚，一来一回就得四天。到了山脚下，攀登梵净山，上山一天半，下山一天半，来回又是三天。一辈子难得到一次铜仁，总不能只爬一座山，城区要看一看，其他景观要转一转，还要和文联、作协的朋友见个面，谈一点工作，不准备上 10 天时间，是脱不了身的。而我那时候，在省城里还兼着一些职务，不可能丢下工作，跑出去整整 10 天时间。故而虽在贵州生活、工作了 21 年，我始终未曾到过梵净山。而那坐落在梵净山下，世上最短的神龙河，自然是听人说得神乎其神，却没有亲眼看过。

现在好了，从贵阳到铜仁，大部分修通了高速，5 个多小时的车程，就能到达梵净山。

下了决心，腾出 3 天时间，不但攀上梵净山观赏了高山峰巅上的万卷书，看见了千山净谷里白鸽般的珙桐花，而且终于走到了人间最短的河——神龙河畔。

不走到河跟前，难以想象，世上真会有这么短的河。当地土家族老乡告诉我，这条河连头搭尾，不过一里半长。拉着绳子细测过，就是 750 米至 800 米，不到一公里。

世上还有比它更短的河流吗?

这地方叫云舍。在土家语里，就是“猴子喝水的地方”。我放眼望去，神龙河畔坐落着一个土家村寨，正是黄昏，夕阳把清澈的神龙河水映照出无数的金斑银点，有土家族妇女相互说笑着在河水引出的小堰塘里洗涮碧绿的蔬菜；源头那边，一个小伙子正在俯身提水；土家寨子上，炊烟袅袅，鸡犬相闻；村寨外头，田畴阡陌，郁郁葱葱的树木铺展到那边叫水银坡的山上，真是神龙河畔一派好风光。

土家族老乡说，这条人间最短的河，还有两个奇妙处。一是河水深不可测，农闲时节，曾有 30 多个青壮小伙，每人拿出一箩筐绳索，将其连接成一条长绳，绳头绑上一块大石头，沉入潭中，想测出神龙河源头的深度。可是长绳放完了，石头都没沉到底。二是神龙河还有个怪现象，天气久晴无雨，神龙河水必涨，涨到快要溢出河沿了，天就会下雨；天气久雨不晴，神龙河必会落潮，河水越退越少、越落越低，落到快要见着河底了，天就会放晴。更难得的是，无论是涨水落潮，神龙河的流水始终淙淙潺潺，清澈见底，挑回家去饮用，甘甜可口，自古以来就是云舍土家人的生命之源。

我沿着神龙河畔的石阶信步走去，走到寨子边临近 800 米处，只见河水流入一条貌似沟渠的缝隙，奇了！河水消失不见了。

它究竟淌到哪里去了呢?

哦，人间最短的河，真是一条神奇的河。

世 上 最 长 的 彩 带

世上最长的彩带，是哪一个能工巧匠织出来的？它足有百里之长，宽处达十里，窄处也有二里多。这么奇妙的景观，却险些让我错过了。

这天早上，在大方县城的宣慰府院坝里，眼见得冷风挟着细雨，逐渐下得大起来，岭腰山巅之间，蒙纱雾全随着山风弥散开来，把四周高高的山巅、深深的峡谷、长长的河流、宽宽窄窄的田坝全都笼罩在乳白色的雾纱之中，所有的景物都看不见了。于是我说，改变行程，我们不进山看花了。

谁知我这话一出，招来同行者的一片反对之声。连陪同的贵州朋友都说，叶老师，你们这一次成功结束扶贫支教活动，顺路拐进去看一看，不会误了去机场。我说我晓得，只是我在贵州生活二十多年，知道山里的天气，这雨雾一起，啥子都看不到，不是白走一趟？哪晓得这话一出，贵州朋友笑了起来，说黔西北高寒山区，十里不同天，说不定我们的车子一开过去，天就晴朗了。

事情真如他说的，我们的面包车转出了几个山弯弯，天就放晴了。恼人的冷雾细雨全都没了，扑面而来的，全是目不暇接的杜鹃花。我们的车子是在花路上疾驶。姹紫嫣红的花儿已让人看得眼花缭乱。

下得车来，我们已经置身在杜鹃花的花海之中。只见四面八方，山上山下，高高低低全都是五彩缤纷的杜鹃花，每一朵花都有海碗那么大。那鲜红的是马樱杜鹃，那水灵灵的是露珠杜鹃，那让人盯着看不厌的是迷你杜鹃，那花瓣儿几乎透明的是水红杜鹃，那花色繁艳艳的是多花杜鹃，那夺人眼球的是紫色杜鹃，那开得让人忍不住想折下一枝来的是锦绣杜鹃……

我凝神赏花，不由吟出一首诗来：

一朵一朵又一朵，十朵百朵千万朵。

缤纷五彩漫山坡，迸然怒放朵堆朵。

一个服饰时尚的漂亮姑娘躺倒在草地上兴奋地打着滚，尖声嗲气地连声赞叹着：太漂亮啦，太美啦！我要让同学们都来看，都来耍，都来拍……

人们都为她的举动纵声大笑，没有人觉得她过分，没有人感到她出格，同行的一位老教授说，我年轻一点，也会往草地上滚一滚，百里杜鹃真的太美了！

当地人介绍，这地方叫普底。我辨认着四周的山形景物问：原来不是叫普根底吗？

20 世纪 80 年代初，百里杜鹃景区刚被发现时，我来过这里。记得当地老乡告诉我，因为山寨上姓黄的人家多，这里又叫黄村、黄坪、黄家坝，普根底是彝语，意思是仡佬寨，后来改叫普底了。

原来这又叫黄家坝的地方，红军长征时在这里打过著名的黄家坝阻击战。

杜鹃花女专家看我沉默，又说：你二十多年前来时，百里杜鹃分为两块，黔西县那一块苗族多，讲苗族关于杜鹃花的传说，大方县这里的彝族，就讲彝族关于杜鹃花的传说，各讲各的。自从当年胡锦涛同志倡导建立毕节扶贫开发区，我们把黔西、大方的杜鹃花景区划出来，专门成立了百里杜鹃风景管理区，统一规划，统一管理，游客们蜂拥而来，你看嘛，都是人！

顺着她手指的方向望去，我看到弯弯拐拐的花径上是人，往上攀登的花阶、花梯上是人，凹下去的花坑边是人，连接两山之间的花桥上是人，山坡的花巅上是人，所有的游人掩映在硕大的杜鹃花丛中，使得眼前的花海活动着，翻腾着，喧哗着。百花坪上传来年轻男女们的笑声，万花楼前传来苗族姑娘的歌声，花廊那边传来彝族小伙弹奏的牛腿琴声。哦，远处的花峰延伸到花谷深处，形成了一条波动起伏的美不胜收的彩带，这彩带恰似一条昂首天际的云龙，铺展到目力不能企及的天边，似要把连绵的群山舞动起来。

那么大的花海，那么长的彩带，一天时间是游不完、看不尽的，看完普底景区，还有金坡景区，恋恋不舍走出金坡景区，还有红艳如火的马樱景区。紧赶慢赶，依赖电瓶车的帮助，只能走马观花地赏完百里杜鹃的十分之一。还有十分之九的繁花锦带如何办呢？

临上车前，老教授问，这百里杜鹃，是谁发现的？导游姑娘说，是一个农民发现的。又问这农民叫什么名字，姑娘答：徐健生。她还补充说：也不是他发现的，这百里杜鹃天然地长在这里，世世代代都有，周围老乡都晓得。

我不由得哑然而笑。姑娘说得也对也不对。对的是百里杜鹃天然生成，从未有人特意去栽培它，只因它长在偏远闭塞的高寒山区，外界少为人知。不对的是徐健生确有其人，不过不是农民，而是贵州省的老领导，时任省顾委主任。退下来以后他组织了一帮老同志，带上新闻界、文学界一些人，踏遍贵州的山山水水，考察全省的旅游资源。我也跟他走过两三次，经常为考察景点而误了吃饭和休息时间。有一次车子出城，他笑指着人行道上“学雷锋”标语下免费为农民工理发的师傅说，我们这也是学雷锋，考察推介贵州的旅游资源，为脱贫、为开发出一点力。一晃眼二十几年过去，贵州的旅游大大发展了，在雷锋精神感召之下作出贡献的老同志们不应该被忘记。

是啊，没有人晓得这么美丽的杜鹃花下头，是煤山煤脉。杜鹃花专爱长在煤山露头处饱含腐殖酸的土壤里。农民们却是深知的，我在紧挨着大方、黔西的修文县插队落户，修文也有杜鹃花，当年劳动时，农民们见我经常坐在山坡上痴痴地盯着花儿看，说那有啥看头，这种花光是好看没有用处，顶不到饭吃，花谢了只能把根挖出来抠成饭瓢用，再就是用来烤火，故而千百年来杜鹃都是自开自谢，自生自灭。

自古以来，在这一片山野里的各族人民中都流传着一首民谣：头在大山脚，脚踏三岔河，谁人识得破，金银用马驮。无数的文人雅士前来试图识破这大山里的秘密，把金银用马驮回去，都无功而返。

现如今，大山的秘密让人识破了，就是这年年春天都会恣情怒放的百里杜鹃，吸引来了成千上万的旅游者。山民们世世代代熟视无睹的杜鹃花，成了世上独一无二的风景。英国爱丁堡皇家植物园内，有一个世界闻名的杜鹃花园；加拿大维多利亚岛上，也有一个举世闻名的布查特花园，我还写过一篇散文《布查特花园的启示》。拿这两个名园和百里杜鹃相比，那简直是小巫见大巫了，一边是人工栽培的小花园，而另一边则是天然生成的百里大花园哪。

还有十分之九的杜鹃花林，我们只能借助疾驶的面包车隔窗欣赏了。天公仿佛了解我们的心思，西斜的太阳露了脸，让我们得以尽情地观赏百里杜鹃的美景。

那艳如云霞般的红杜鹃，把一整座山都染成了火焰色；那娴静、淡雅的白杜鹃，千万朵大白花把山体染成了皑皑白雪；那紫色杜鹃点缀在繁花丛中，那绚丽多彩的各色杜鹃争奇斗艳，其多变的花形，丰富的色调，繁艳茂盛的花瓣，岂是坐在一掠而过的车子上能看得清的？

所有的人脸上都带着满意的微笑，都以为看到了杜鹃花海，看清了百里杜鹃的面貌，他们不晓得，百里杜鹃还有一景，他们是看不见、拍不到的：花谢时节，满坡满岭满山满地的花瓣儿铺就的百里彩带，又是一道世所罕见的奇观。

面对窗外绵延至天边的彩带，我忽然觉得，乍一下车时吟出的那首诗，不足以表达我的感受了，于是面向这一片我曾经生活了二十多年的贵州高原，情不自禁地又吟出了四句：

金坡银坡宝石坡，绵延无尽坡连坡。

烂漫山花锦绣坡，百里彩带系山坡。

哦，百里杜鹃，我第二故乡的绝世美景。我赞美你，我歌颂你。

第 一 次 到 遵 义

初到贵州插队，最想去的地方，一个是省城贵阳，另一个就是遵义了。

记得第一次去遵义，是 1970 年春夏之交，山寨上农忙过后，请准了假，坐着火车就去了遵义。

自小读老红军的回忆录《星火燎原》和《红旗飘飘》，从无数红军将领的回忆中晓得，红军长征，西进贵州，突破乌江天险，智取遵义以后，在 1935 年的 1 月 15 日召开了中共中央政治局扩大会议。这次会议，批判了王明“左”倾路线领导者的冒险主义、逃跑主义，全力纠正了当时最紧迫的军事上和组织上的错误，做出了《中央关于反对敌人五次“围剿”的总结决议》，从而确立了毛主席在全党全军的领导地位。

到遵义去，与其说是看遵义这个贵州省的第二大城市，不如说是去参观遵义会议会址。会址位于遵义老城一条老街的中段东侧，这里原来是军阀柏辉章的公馆。会址的门上方有毛主席亲笔题的“遵义会议会址”六个大字。在 1970 年那个年头，会址醒目的位置，摘录了一条最高指示：“只在到了遵义会议（1935 年 1 月在贵州遵义召开的中央政治局会议）以后，党才彻底地走上了布尔什维克化的道路……”

难得到遵义来，我细细瞻仰着会址中央的长条桌子，周围的木椅、藤椅和长凳子，还有窗户上的彩色花玻璃，烤火的炭盆，想象着遵义会议召开时的情形。我在院子里留了两张影，一张是单独拍的，一张是和两位朋友一起拍的。记得当时，我的胸前还戴着一枚大大的毛主席像章。

看了遵义会议会址，我还在老城的老街上逛来逛去，陆续看了当时的红军总政治部旧址，看了红军干部大会会场旧址。实事求是地讲，1970 年春夏之交的那两天，遵义城里是很清静的，特别是旧城的老街，好些遵义人告诉我，和几十年前变化不大。到了 20 世纪 80 年代，我又多次去过遵义。登上遵义城东北最高点的太平山，鸟瞰从遵义县境内流入市区的高坪河、喇叭河、洛江河汇成的湘江，几乎每一次都是感慨万千。

坐落在凤凰山主峰西南小龙山上的红军烈士陵园，掩映在苍松翠柏之中。前临碧波荡漾的湘江，后倚葱茏浓绿的凤凰山。高大雄伟的红军烈士纪念碑上，刻着小平同志的题词：“红军烈士永垂不朽”。

世纪之交，我再一次来到遵义。遵义更漂亮了。哦，遵义这座古城，正在焕发它的青春。

猫跳河的激流

猫跳河是一条让人难忘的河流。

猫跳河畔是我插队落户的地方。

在我很多作品的末尾，都书有一行小字：“草于猫跳河畔”或者是“完稿于猫跳河畔”。

我在猫跳河畔偏远蛮荒的乡村里生活了整整十四个年头。我的青春岁月，我艰辛繁重的劳动生涯，我年轻时代的追求、憧憬和向往，我最初在煤油灯光影里写下的那些稿子，甚而至于我的初恋，都是在这里开始的。我的人生之路，正是在猫跳河畔山野的崎岖小路上，一步一步迈出来的。

接到去接受再教育的通知，第一次在地图上看到“猫跳河”三个字，我想象着这一定是条河谷狭窄得一只猫也能耸身跳过去的河流。

谁知真的来到猫跳河畔，我顿时被它那骇人的景象惊呆了。

一条浪涛翻滚、水流湍急的河流，在崇山峻岭间奔突着、冲撞着、喧嚣着往深深的河谷里气势磅礴地急泻着。

河谷两岸，是巍然耸立的高山，是石屏一般的悬崖陡壁，是指天戳云的座座山峰，层层叠叠，连绵无尽，莽莽苍苍，气象万千。

山峰半腰，时有白练悬空一般的泉水垂泻。河谷上空岩鹰拍翅绕着陡崖飞翔。多雨时节，乳白色的蒙纱雾茫茫无垠地漫上来，千姿百态的座座山岭，顿时飘浮于云海之上，恍惚间常常给人一种浪涌峰浮的仙境之感。

大自然的景观如此壮美秀丽，可险恶的山势地形，也时常给猫跳河两岸带来灾难。狂暴的泥石流和肆虐的滑坡，时常造成凶猛的岩崩山塌，吞噬山寨和牲畜。山路的崎岖，关隘的险要，沟壑的纵横，使得猫跳河谷两岸的交通十分不便。村寨上的老乡，自古以来就有“两山喊得应，走拢要半天”的感叹。

偏僻闭塞，穷困落后，又加上匪患猖獗，使得沿河两岸的各族百姓，历朝历代生活在几近赤贫的水深火热之中。我插队那些年里，寨上的老农，时常指着陡岸临空绝崖之下黑黝黝的山洞告诉我，解放前那里是有名的匪窝。几百年来都没剿灭过匪患，是1950 年解放军清匪反霸，彻底剿灭了匪徒，这才让老百姓过上了安生日子。

我瞅着夹岸高山耸峙的峰巅灌丛顽生、岩石怪异，荆棘丛中的野杜鹃尽显殷红，如火如荼，似有火焰燃烧的景致，极力去想象土匪盘踞在险山恶水之中，是如何为非作歹、鱼肉百姓的。哦，滔滔猫跳河，漫漫长夜中，湍急的河水伴着的是饥饿的啼号、山野的荒凉、尘世的严酷和冷漠，载去的是穷人受尽屈辱的泪水，卷着的是愚昧落后的旋涡。河谷两岸的密林中，常有猛虎出没，在狭窄的河岸深崖之间跳来跃去，伤害百姓。直到这时，我才恍然大悟，原来当地的老百姓称老虎为“大猫”，“猫跳河”就是由此而得名的。

曾几何时，多情多姿、多灾多难的猫跳河，镶嵌上了六颗闪闪放光的明珠，奔腾急泻的河水被一次又一次拦腰截断，筑坝堵流，建起了六座宝殿般的梯级电站，形成了一个一个波光潋滟的风景区。

正是由于电站的开发建设，我原先的恋人、今天的妻子由一个知青，先是被招工到三级电站当学徒工，以后又去四级电站实习，到六级电站时，她已是个带徒弟的小师傅了。我们最初建立的小小的三口之家，就设在山高谷深的六级电站旁的丛林中。命运使得我们和猫跳河结了缘，故而对猫跳河上的一座座电站，我们也充满了感情。

以红枫岭得名的红枫湖一级电站，开发建设于 20 世纪 50 年代，如今已是和黄果树瀑布一样著名的风景区了。红枫湖兼有西湖的美和漓江的秀，它的湖面坦荡，形成难得一见的豪放气派，它那湖中有山、山上有洞、洞里有水的奇趣常令游人一惊三叹。遇到山上杜鹃花盛开的时节，辽阔深远的湖水波光闪烁，天净水静的时光，泛舟湖中，如行天上。山上争奇斗艳、光彩迷人的花儿一朵一朵全都映在湖中。夕阳之下，水天更是一片辉煌，使人忍不住想要吟咏王维的诗句：“当时只记入山深，青溪几度到云林。”

20 世纪 60 年代开发形成的二级电站百花湖，则像它的美名一般，隽秀幽蓝。一湾湖水展示着山山岭岭之间一片新奇的天地。湖面上白鹤翻飞、野鸭戏水，渔舟剪破微荡的涟漪，桨声伴着动听的渔歌。湖中那八仙过海、美女梳妆、仙鹤抢蛋、九龙盘江、炉岭归云的一个个离奇景观，常使来此度假的客人游兴大发，心旷神怡。当年设计建造电站时，看到如此美景，曾设想由一百名女工管理，故而为其命名“百花湖”。

三级河口电站，离我插队的修文县城仅六里山路，翻过高高的山垭口，只见群山环抱着一湖碧水，湖面上轻波微荡，湖岸上葱绿苍翠，浓重的林荫顺着峭陡如削的座座山岭，遮蔽了整片山野，真个是“常年浓翠终年鸟，一湖清水半湖山”。更令人新奇的是，山岭间电站职工的幢幢小楼，全建成尖顶的欧美风格，乍一眼望去，疑是走进了林间别墅。

四级窄巷口电站，四周层峦叠嶂，湖湾无数。每一道湖湾都是一幅别致的风景画，有的闲适恬淡，有的幽雅清冷，有的竹梢垂地，有的山奇树茂春花美。亮嗓大吼一声，千百只飞鸟瞬间腾空而起，拍翅绕着湖畔屏风般的山峦飞翔，令人瞠目结舌，啧啧连声。

山路弯弯，河谷深深。五级红林电站坐落在更为幽僻的群山丛中。漫步湖畔，人会不辨此是尘世，还是瑶池。只见一片静谧伴着幽静安宁的湖面，水色湛蓝，波平如镜，空气清新，不染尘埃。湖岸的山坡，层层叠叠，林木葱茏；雾纱随风轻散，野花漫山罩地。岭间古柏长得青翠苍绿，掩映着星散的农家村舍。奇木怪石密布的山巅之上，时有雀鸟的鸣啭、猕猴的啼叫。

六级红岩电站，是我生活最为长久的地方，也是交通最为不便和闭塞的山谷。它坐落于修文和清镇两县交界的轿子山麓隘口上。河谷深处，水声澎湃，雷鸣贯耳，陡崖临空，惊涛拍岸。一座巍然大坝，堵隔奔泻的河水，形成弯弯一池红岩湖，晴日澄碧透亮，像一幅清丽的水粉画，雨天更显娇媚，近岭远山，迷迷蒙蒙，浓淡相宜，层次分明，犹如一卷旨趣高雅的水墨画。

四级窄巷口、五级红林、六级红岩电站，都是我们去插队落户以后，眼看着一座一座建起来的。从 20 世纪 50 年代到 70 年代末，六座水力发电站就像六颗熠熠放光的钻石，镶嵌在猫跳河谷的一个又一个隘口上。变水患为水利，造福于河谷两岸的各族百姓。

路长谷深，鸟道盘旋，在几座电站工作的职工们，常年生活于山高水远的河岸边，远离城镇，远离现代文明相对集中的都市，不免有寂寞冷落之感，但他们“身在山沟，胸怀世界”，安心在深山老沟里把光明源源不断输送出去。

令人喜悦的是，从 20 世纪 80 年代后期开始，电站已实行自动化管理，原来每座电站需要一百来个职工，自动化后，一百多职工悉数住回省城、近郊，每月只需要二三十名职工轮流值班，就能把整座电站管理得井然有序。更让人高兴的是，去年我重返猫跳河，职工们充满自豪地对我说，猫跳河梯级电站的遥控管理，已经实验成功。在新的世纪来临之际，偏远的电站完全可以实现科学的全封闭遥控操作，再不需要人待在那山也遥远、水也遥远、道路也是十分遥远的电站上值班了。

哦，猫跳河，目睹你半个世纪的巨变，远方的我愿意衷心地为你唱一支祝福的歌。

罕见的屯堡景观

难抵安顺

这是深藏于我心中，久已想写的一篇文字。

说起来是三十年前的事了。

我插队落户的山乡修文县久长，古时候的名称叫狗场坝。插队的时间长了，我渐渐发现，在蛮荒偏远一点的大山里，现在还有不少地方仍叫猫场、鸡场、蛇场、羊场什么的。可能是久长离公路近一些吧，一些文人雅士嫌这个名称过于俗气，依谐音给改了久长。

久长这地方，属于贵州省的安顺地区。我们一帮外来的知识青年很快就发现，省会城市贵阳离我们要近一些，相反，地区所在的安顺却离我们很远。好多知青贵阳已去过多回，安顺还一次都没去过。

我是直到插队第二年的秋收以后，才得到机会去安顺的。

那是 1970 年的深秋季节，“文革”中的武斗已逐渐平息。我在贵阳坐上了一辆卡车，去往安顺。说是坐，其实是站着。卡车的车厢里并没有座位。但这卡车却又是卖票的，贵阳到安顺的客车票原本是两块两角，只因是卡车，他只收我们一块五角，说是打折。那么长途客车呢，原来前几年的武斗，客车时常被用来横在马路上挡道，全都开不得了。现在刚刚恢复交通，只能征用一些工厂的卡车暂时用着。

这卡车交通也不正规，要开就开，要停就停，开开停停地折腾了三个多小时，在离开安顺还有十几里的地方，则死活不愿往前开了。说安顺就在前面，十几里路，走一个多小时就到了。你们就走着去吧。

同车的旅客自然不依，和司机、售票员争执。争了一阵子也不起作用，卡车调过头，鸣了几声喇叭，扬起一片尘土，开走了。

于是乎我们就顺着贵黄公路往前走。贵阳到安顺，照理应该叫贵安公路，为什么要叫贵黄公路呢？

那时候年轻，我什么都觉得好奇，什么都要问。一问才知道，原来举世闻名的黄果树瀑布就在安顺的前面。公路一直修到黄果树瀑布，故而就叫贵黄公路。

到贵州快两年了，对贵州的山水土地，我已慢慢地熟悉。在敞篷卡车上眺望远近山野时，我已经发现，车开过平坝县的时候，这里的山野村寨带着一点秀气，也带着一点雅气。和贵州其他地方的景观有点儿不同。下车以后走不多久，看得更加细了，果然有了惊人的发现。

奇怪的“京”族

一路走过去，只见公路边，两旁的田埂上，远远近近的村寨里外，男子都穿着长袍和尖头钉鞋，女子更是清一色的古装。

日常的穿着打扮，显然和我们不一样。

贵州是个多民族的省份，我认定他们是少数民族无疑。只是他们肯定不是我已见过的苗族、侗族、布依族。

他们属于哪个民族呢?

迎面就时有担着空水桶去井边挑水的姑娘和妇女，我不由颇有兴味地暗自对她们细细地观察着。她们身穿天蓝色的左衽布大袖长袍，领子和袍袖的边沿镶着红艳艳的花边。同行的知青不由笑着调侃道，你们看，“文化大革命”盛行的红色，都传到少数民族的服饰上来了。

但是行不多久，我就发现，红色的花边只不过是她们选择的众多花色中的一种花色而已，在一路我们遇见的妇女身上，除了红色花边，各种彩色的花边都能见到。她们的腰间还系着真丝的黑色宽带，缀有乌黑发亮的丝罗带。

一路走着的贵州人告诉我们，识别迎面而来的女子已婚和未婚，只要瞅发式就行了。未婚姑娘往往是长辫过膝，不挽髻。已婚的就要挽髻，插着银制或是玉制的十字，还包有头帕，老年妇女包黑色帕子，中年妇女往往包的是白帕。

边行边看，我还有两个发现，一是我们眼前看到在干活的，无论是去水井边挑水的，还是在远近田土里干活的，基本上都是女子，几乎没见男人在像模像样地干活。二是这些人的说话口音，和我们逐渐熟悉起来的贵州话不一样，听她们远远地和人挥手打招呼，尤其是拖长了声气吆喊的嗓音，很像是北方某地的方言。

正是这两点和我插队的砂锅寨农民迥然不同的地方，使我产生了疑惑，我不由得问一路同行的贵州老乡，这是哪个少数民族。

贵州老乡说：“他们呀，是京族。”

于是我就记住了他们是京族的说法。走过离公路边较近的村寨，我还细细地打量着“京”族人的生活环境。和卡车开过的平坝相似，“京”族的寨子往往都建在挨着山坡脚的平顺地势。青山绿水，绿荫掩映着青砖的瓦房，缕缕炊烟飘散中，那水色，那情调，恰似我熟悉的江南水乡风光。比起我插队的寨子来，明显地要强一些。

回到砂锅寨，我翻开从上海带到乡下的《新华字典》，进一步的疑惑产生了。在中国的少数民族中，是有京族，但是字典上写得明明白白，这京族在广西防城县的三座小岛上，一共只有5000多人口。以后又查书籍，我发现广西京族不是我见到的“京”族，不但服饰不一样，就连生活习俗也大不相同，那么，贵州安顺附近的所谓“京”族，究竟是怎么回事呢？

戏剧的活化石——地戏

彻底解开这个谜，是迟至20世纪80年代的事了。

况且事情还有一点偶然，那纯粹是从我开始观看奇特的地戏演出引起的。

地戏复苏于20世纪80年代初期。那个时候，贵州乡村实行了联产承包责任制，农村经济开始好转，乡民们有了饭吃，手上有了活钱，身上的服饰自然多多少少地讲究起来，我插队期间看惯了的补巴叠补巴的破烂衣裳逐渐消失。丰收以后，尤其是逢年过节，农民们已不满足于燃放鞭炮欢吃狂喝一顿。他们要乐，他们也要有文化生活，表达他们人生的存在和喜悦的心情。

于是地戏演出就在乡间复活了。

那时候我已在贵州省任《山花》杂志的主编，我办公室的隔壁，就是贵州省音协主席的办公室。休息闲聊的时候，音协主席几次热情地邀我去乡村里看一看地戏，他说现在地戏可了不得，国内外的专家学者们竞相前来研究，被称为是戏剧的活化石。说话间，剧协的主席也跟着来帮腔，说剧协要和音协组织的侗族无伴奏大歌一起，让安顺乡下屯堡演出的地戏，到法国去演出。这两样原汁原味的艺术样式，是喜欢古朴艺术的法国人指名邀请的。

这么好的东西，不看当然是很遗憾的。

于是乎，候准了季节，在去安顺的时候，我就去看了几次地戏的演出。

所谓地戏，实际就是在平地上演出的戏剧。但是在贵州的乡间，要找一块彻底平顺的坝子，不是一件容易的事情。因此，我看到的地戏舞台，仅仅只是山坡、寨子中央的晒谷坪，以及相对平顺的坝子。观众大多站在坝子四周的山坡上，或是村寨团转的木板房上、树上、坝墙上，里三层外三层地围着观赏。那气氛很像城市路人围观“猢狲出把戏”那么一种情景。只是气氛要热烈得多，大人喊，娃儿叫，姑娘们穿上花衣衫，小伙子往往蛮横地抢占着最好的地形，唯恐在观看中漏掉了精彩的一招一式。

地戏的演员们不像一般戏剧中那样需脸部化妆，而是穿着一色的蓝黑双色的长衫，黑面白底布鞋。同其他戏剧不同的是，每个演员都戴着一只木雕的面具。形象生动，神态各异，雕刻的手法十分夸张。考究的面具必然连着头盔，油刷得金碧辉煌，给人以神采奕奕之感。面具雕出的形象，便是剧中人的身份。扮演者都十分自由，男人可以演女角，反之，女人也可以演男角。戏演出的过程中，有唱，有打，也有对白。对白的声音又使我想起似曾听到过的北方话，对白的韵律总让我想起上海弄堂里曾经在孩子们中间盛行一时的绕口令：“蜜蜂叮瘌痢，瘌痢背洋枪，洋枪打老虎，老虎吃小孩……”

细细地听着绕口令一般的对白，让我有了新的发现。

就如同现代地方戏剧中的对白不易听明白、听懂一样，地戏的对白必须入神细听，才能听出点儿道道来。

当我奋力挤到前头，听到“吾奉太上老君，急急如律令”之类话语的时候，我就露出了会心的微笑，我晓得后面还要说些什么了。果然，那几句我熟悉的吟诵从演员的嘴里吐了出来：

前面摆起三条剑，后面架起九丛矛。

前面来者剑上死，后面来者矛上亡。

这韵律，这节奏，是我插队期间从砂锅寨娃娃们嘴里经常听到的呀。

地戏中最精彩的莫过于武打了。

地戏的武打是任何现代戏剧舞台上都没有的表演程式，俗称“套路”。一旦戏演到高潮，矛盾尖锐、武打激烈时，那套路便一一变幻、有板有眼地转换起来，就像是千军万马在那里死命地厮杀。

最令我看得出神并终于开窍的，就是这厮杀。因为无论哪个名称的套路都得跳，跳得激烈之处，演员们全都进入了角色，锣响、鼓也齐，坝子里地坪上的尘土跟着飞速踢踏腾跳激越的脚步轻扬起来，那情景活似硝烟弥漫的战场。围得密密实实的观众自然更是鸦雀无声，一起进了戏。一场戏结束，必报以热烈的掌声。

读者诸君可能已经明白，这轰动一时的地戏演出，少不得打，少不得跳。故而在当地，演地戏也叫跳地戏。

正是在看了几出地戏后，我终于恍然大悟，如果它真是戏剧的活化石，那么在我插队落户的地方，就已经看过。那还是在“文化大革命”中，只不过那时候这玩意儿不叫地戏，叫“跳神”。

有一回，是寒冽的腊月间了，隔邻寨子上死了一个近 90 岁的老人。有人说他家是四世同堂，有人说如果把刚出生不久又只会哭不会说的那个小孙孙一起算上，他家这是真正的五世同堂了。

这么一位有身份的老人离开人世，总是要热闹一番的。四乡八寨的亲属赶来参加吊唁，人多得一个小小的寨子上住不下，不少客人因此住到了砂锅寨来。我那时在大队耕读小学里教书，有个学生就是死者的重孙，于是也跟着寨子上的小伙伴们冒着冷风细雨，去看了一阵子热闹。奇怪的是，老人家中并没有多少悲伤气氛。围着火塘而坐的人中，不时地还有人在唱歌。我正是在那一次，真正地体会到民间称高寿的老年人死后是办“白喜”的情形。坐了一阵，夜深了，我就告辞想回去，那个学生劝我不要走，他凑近我的耳朵说，等大队和公社的干部们走了，还要演戏，好玩得很！你从来没见过的。我问他演什么，他神秘地让我不要声张，说到半夜时分，还要玩“跳神”。

跳神！

那不是在搞封建迷信吗？但我没有吭气，那年头我仍在痴迷地做着作家梦，已经在悄悄地写小说。我知道写小说就要观察各种各样的人生现象。特别是现在看不到的东西，所以那一晚我就留了下来，看了一次“跳神”表演。而且把跳神的人念念有词道出的咒语一一记了下来。

已经被炒得如此热、如此红火的地戏，我说它是跳神，是曾经被批倒批臭的封建迷信，实在是有点不合时宜。要这么说，我多少得找出一点依据来。

“京”族之谜

依据不好找，除了当地老百姓把跳地戏叫作跳神，康熙年间编的《贵州通志》上，有一幅《土人跳鬼图》。其画面和现在的地戏表演十分相似。

是不是据此就可以说，古人还把地戏叫作跳鬼哩。我必须把这一片乡土上的人文景观挖得更透彻一些。

颇有兴味地去安顺看地戏时，我已经感觉到了，演地戏的那些个村落，都叫屯或是堡，也有叫哨或是关的，很少叫寨子。在贵州插队多年，我早就了解，小至贵州一个省，大至云、贵、川诸省，村子大多数被称为寨子。唯独这一带，为什么偏偏要叫屯堡呢？原先存在心底关于“京”族的疑惑，重新浮上心头。

20世纪80年代中期，省里面让我牵头，写一个描写贵州政治、经济、文化、民族的长纪录片脚本。到安顺的时候，我们一头扎进了一个一个叫作屯、叫作堡、叫作哨的村子，连续几天，约谈了很多文化人士和乡间老人，终于揭开了所谓的“京”族之谜。

当地这些穿着富有特色服饰的农民，并不是少数民族，而是汉族。只不过他们是远方迁来的汉族。和我们交谈时，他们中不少人指着我说，我们的祖先其实和你一样，也是从江南一带来的。

追溯历史，则要讲到六百年前了。朱元璋在刘伯温、徐达等文武大臣辅佐之下，打走了元顺帝，建立了大明王朝，却不料元朝还有一个梁王盘踞在云南。自恃天高皇帝远，你朱元璋奈何我不得，不服他的管，把他派去的官员一个个都杀了。气得朱皇帝亲自部署征云南，派出了以傅友德大将军为首的三十万征南大军，一路沿江西、湖南、贵州杀将过来。

这一段历史，在贵州、云南的很多地名上也留下了痕迹。诸如镇远、贵定、清镇、普定、普安、镇宁、威宁、宣威等，包括“安顺”这一地名，也充分显示了三十万大军过处，威风八面，一路镇压敢于反对者，“诸蛮”纷纷望风而降的史实。

我在贵州二十余年，始终不能明白，安顺这地方，明明地处贵州的中部，为什么总要被称作“黔之腹，滇之喉”？原来出处也在这段历史，朱元璋认为，安顺这一带，是进军云南的“襟喉”之地，十分重要。

云南被傅友德平定，那个梁王是被杀了，可云贵高原毕竟是山也遥远，水也遥远，路途更是十分的遥远啊。胜利了的军队一撤回来，又冒出了一个什么王，或者就是当地的土司，不服明朝管了，怎么办呢？如何统治这块土地呢？苦思冥想，朱皇帝命令傅友德的三十万远征军沿着交通要道，就地驻守下来，封官许爵，稳定云贵。军队不打仗了，仍然要吃饭。于是就让驻守下来的军队设立军屯，垦荒种粮，解决吃饭问题。

光是吃饭还不够。军人也要成家立业，也要过太平生活，生儿育女，于是乎，这些屯军的地方，渐渐地就变成了一个个叫作屯、叫作堡、叫作哨或是关的村寨。有了军屯，随之出现了商屯、民屯。三十万征南军人，来自当时的江苏、浙江，还有朱皇帝的原籍安徽以及江西等地。他们的后裔，经历了几百年的沧桑，很多东西可能都已经有了变化。唯独穿着的服饰，一代一代流传下来，还保留着明朝的色彩和特点；唯独一些人家里的家谱，一代一代还在书写着自古而来的演变，并且显示出相对地集中，相当地完整，形成了独特的文化现象。于是乎，也便有了我们今天称之为屯堡景观、屯堡文化的研究。这不能不说是一件幸事、奇事。似乎该归功于那一片乡土的偏远和闭塞了。

我问过很多安顺的屯堡人来自哪里，他们往往回答说，我们是京族，老祖宗是听了朱元璋的话，从南京开拔征战而来的南京族。

几百年了，这话听来有点悬，却是很有道理的。去年秋冬，我到云南的宣威去采访宣威火腿的创始人浦在廷的事迹。谈起浦家的老祖宗，也正是跟随明朝的大将军傅友德一路打过来的，因战功卓绝，被授予武德将军，在设立卫、所、军、屯、铺、堡的同时，就地驻守和屯垦，世代定居下来。

我顺便还了解了一下，明朝派往西南诸省的军队，驻守下来的时候，以卫所为单位组成军屯，一卫有 560 人，一所则翻一倍有 1120 人。除了驻守屯堡，朱元璋的军队还在当地开筑道路，设立驿站，方便通邮，修复古驿道，以 60 里为一驿，一直修到贵州的安顺。这固然是大明王朝为了巩固自己的统治而为，却也在客观上给偏僻闭塞的云贵两省，带来了江南地方较为先进的科学、文化、技术及生活方式，促进了西南云贵高原的经济开发和发展。直到上个世纪初的一百年前，云贵两省有追求有志向的青年，要走出“走不出去的云贵高原”，很多人依靠的还是这一条古驿道。

到了浦在廷这位第十八代的后裔，赶马帮积攒了财产、经营宣威火腿发迹之后，他遵照古训，不远万里，经云南绕道越南、香港、南通，终于来到祖籍地南京，寻找《浦氏族谱》上记载的老家山阴县柳树湾石门坝。费了好大力气，终于弄明白今天的南京中华门外，就是几百年前的石门坝。可任你怎么查寻，在这一带也找不到浦氏族人。最后还是经人点拨，告诉他，明朝时候，这一大片都是兵营，修族谱的老祖宗一定是误把南征出发地的兵营，记作了故乡。浦在廷这才只得无奈地作罢。

由此也就明白了，安顺屯堡人说的“京”族，指的是南京族，因为他们的祖先从南京而来，绝不是广西的那个京族。

很多土生土长的贵州人以肯定的语气对我说，地戏就是朱皇帝的军队调北征南时带过来的。只要看看屯堡农民们表演时的衣着打扮，就不难作出判断了。你看他们身穿土布长衫，腰间围着绣了花的战裙，背上则像武打京剧中常见的那样插着靠旗，脸上蒙着黑纱，额头上戴着各种各样的彩色面具，头顶上插着野鸡毛，在抑扬顿挫、模拟战场厮杀的锣鼓声中载歌载舞，表演着剧情。

地戏演出所报出的剧目，也基本上是征战故事。诸如我们都很熟悉的《三国演义》《封神榜》《说岳全传》《杨家将》等等，正因为明朝的军队是朱元璋调北征南一路打过来的，所以他们自然就会喜欢这一类和自己的经历十分相似的征战题材。而且历经几百年，年复一年，乐此不疲，一代一代地往下传。就是到了极左思潮泛滥得那么可怕的“文化大革命”中，也还不曾断绝过。像要我在白喜场合留下看跳神的那个学生，在“文革”年头，其实并没看过几回地戏，但他兴趣之浓烈，也是大大出乎我意料的。由此，也可以看到民间文化特有的传承渠道在文化传播中的巨大作用。

地戏和军傩

由于地戏表演主要以征战题材为主，蜂拥而来研究地戏的专家学者们就作出判断，认为它是从军傩演变而来。

这个“傩”字，一度是个难读难认的字，也是一个多义字和假借字，更是从原始社会一路带过来的古字。

起源于原始社会的“傩”，是古代人类面对很多自然现象诸如雷电、洪水、地震等灾祸迷惑不解的产物，用于避邪驱灾、感恩酬神。

这一起源和宗教的起源实有相同之处。

从 20 世纪五六十年代，一直延续到“文化大革命”以后的两三年间，贵州乡间掌坛主持傩仪的法师，一律都被称为“魔公”或是“老魔公”，带有明显的贬义。80 年代以来，傩戏作为一种文化现象获得重新评价，专家学者们把它作为学术来研究以后，“老魔公”的称呼也随之从生活中消失，而被称为“傩师”。但在贵州乡间，人们嫌这个“傩”字不好认也不好念，大多还是恢复了原来的称呼：法师。

由最早面对困惑不解的自然现象而跳的“傩舞”“傩仪”，逐渐演变为傩戏。傩戏又渐渐细分为民间傩、宫廷傩和军傩多种。我也相信，贵州屯堡一带的地戏，极有可能是从军傩发展演化而来，随着明朝军队的屯守，入乡随俗。在数百年间同西南山乡的地方戏剧结合，有故事、有情节、有人物，保留了从说唱形式向戏剧过渡的民间样式。

把它作为一种神奇古朴的文化现象研究，实事求是地说，傩仪之中，确实含有封建迷信的成分。贵州乡间，历来就有冲傩还愿之说。所谓还愿，指的就是在举行仪式之前，要有一个专门仪式称为“许愿”。

在我插队的村寨上，在广为流传的民歌中，在我搜集到的傩师念念有词的傩仪文中，在乡间就是娃娃都能朗朗上口地念的傩师咒语中，都不难寻找到祈愿的痕迹。

做生意的人祈愿发大财，奔仕途的人祈愿升做大官，病人盼望自己恢复健康，出门要坐船的人指望江河上风平浪静，种田的农民祈望五谷丰登粮满仓，财主做梦也在盼财宝，所谓横扫金，竖扫银，金银财宝全扫进。乡间最为普遍的则是冲寿傩，给已上了年纪的老人许个愿，身体好的愿他长命百岁，身体差的给他冲冲喜，添庚加寿。

这一种许愿的方式，其实和我们现实生活中常见的拜菩萨有几分相同的意思。只不过我们见到的拜菩萨形式简单得多，而设傩坛做傩仪形式上要复杂一些罢了。

只要完整地去屯堡看过几场道地的地戏表演，就不难发现，地戏在开演之前、结束之后，都会有一些特定的仪式，在这些特定的仪式中，是不难看出其浓郁的迷信色彩的。只是随着近年来的进步，这些仪式简化或取消了。人们关注的，是地戏本身。

地戏的演出场地简陋，剧情单一，化妆也很简单，年复一年，演的还都是老套子。那么它为什么还会这样地吸引着屯堡的乡民们经历几百年不败地看下去呢？

问题看上去很复杂，实际上却不难回答。

贵州全境，高原和山地面积占了将近百分之九十，自古以来，群山连绵、沟壑纵横，村村寨寨，几乎都分布在崇山峻岭的山间盆地和河谷平坝旁。山川阻碍，偏远闭塞，使得长期生活在这里的人们不易和外界广泛地接触，甚至于基本上不和外界接触。但是对于众多的自然现象，对于人一辈子都要遭逢到的种种困苦、灾难及不可理解的事物，生活在这里的乡民们也需要得到解释。

还有一点更为重要，那就是作为人，他们也像生活在全世界各地的所有人一样，期待更为美好的生活，向往过上更加幸福的日子。他们的愿望需要宣泄，他们也巴望着有朝一日真正能过上好日子。可是他们真的不晓得怎么做才能迎接到这样美好的未来。于是他们就只好求助于傩仪这样一种自古流传下来的形式。

我在前面已经说过，安顺屯堡一带的老百姓喜欢地戏，年复一年，年年都像过节一般地欢乐，就那么有限的几堂戏，历经几百年而不衰落，世界上都恐怕没有几个剧种有这么强盛的生命力。

原因何在？就在于他们内心深处的许愿的心态，在于他们内心永远存在的祈盼吉祥、避邪驱灾的精神需求。

到了过大年的日子，到了稻谷扬花的季节，到了哪家、哪一个寨子表演傩戏的那天，他们呼群结伴地赶了去，不仅仅是去看个热闹，不单单是为了娱乐，而是伴着强烈的许愿心理，带着内心深处的祈盼，带着美好的愿望而来。

跳过一次地戏，看过一次地戏，热闹过那么一回，他们就会很高兴，就会感觉到这一年很有希望、很有盼头，心情也格外地舒畅。反之，这一年如果因为这样那样的原因而没有跳成地戏，他们就会觉得深深的遗憾和不安。一旦在这一年中遇上了大小灾祸，或是屯堡里出了意外，诸如山洪暴发，房屋倒塌，哪家的娃娃突发疾病猝死等，分析原因时，总会有人叹息说，只怪今年没有跳成地戏。遂而马上就会有人附和，并且大声地说，明年无论如何，是一定要安排一堂地戏来跳了。

地戏是明朝的军队调北征南的时候带进贵州安顺一带来的，这一点看来是没有疑义的了。但是，随着对傩文化研究的深入，人们发现，早在朱元璋调北征南之前，贵州山地的古代先民中，就有冲傩还愿的仪式存在。于是乎，就出现了一个新的问题，是古代夜郎国就存在的傩仪影响了地戏呢，还是地戏影响了原本有的傩仪？

我感到这个问题其实不消多争论，用小说家的想象就能解决。

傩戏面具

在前面的行文中，我已经提到在“文化大革命”中偷偷看“跳神”的一小节文字。但仍得实事求是地说，即使在那种年头，地戏也没有灭绝，但是毕竟是在那样特殊的年月，绝没有人会公开地谈及“地戏”或是“跳神”的。在我插队的十年岁月中，也有人大起胆子悄悄地跳过，结果被公社干部发现了，硬是被拖去办了“学习班”，还陪着专门骗人钱财的“迷信头子”挨了斗。

事情奇就奇在这里，一旦说要跳地戏，恢复传统的民间娱乐形式，马上就有人将苦心冒险保存下来的面具献出来。

有了原始的面具样式，早就缩手不干了的能工巧匠又挺身而出，重新雕出式样各异的种种面具，供寨邻乡亲们选用。

当地人把这一类面具称作“脸子”或“脸壳”，把雕脸子的汉子称为“雕匠”。随着出访法国和欧洲其他国家，傩戏大盛，一时间，雕匠顿时也跟着声名远扬，大受欢迎，被四乡八寨的老百姓请了去，酒肉款待是不消说的。他们也便纷纷发挥着自己的聪明才智，尽力创造着新的品种和样式。于是乎，用白杨木、丁香木雕刻而成的丑鬼、道人、女将、小军、忠臣良将等千奇百怪的“脸子”就在方圆数百里内的村村寨寨传了开去。

有了“脸子”，讲究的地戏班子，喜欢攀比竞争，遂而就逐渐配齐了包头的黑布或是黑纱，黄花背旗野鸡翎，大红绣花的背板和水红上衣，浅绿的战裙，黑底绣花腰带，甚而至于扇袋、香包、银铃铛、竹骨扇，一应俱全，披挂整齐。

有了配备齐全的行头和五颜六色的“脸子”，就可以演地戏了。

开演地戏，封箱的“脸壳”在开箱之前，必须得依照几百年传下来的规矩点蜡烛烧香，供滴血雄鸡。进了场，还须“扫开场”，演出之后还得“扫收场”，连带着祭土地，给村寨上的家家户户招财进门，所谓“日落黄金夜落银，牛成对来马成群”，并保佑全屯堡的百姓平安富足，来年风调雨顺，五谷丰登。

如此重大的场面和活动，岂能不造成声势和影响？只消哪个屯堡的地戏一开锣，四乡八寨都有人赶了去凑热闹，就如同城里人看灯会庙会、逛小吃街的心情一样。

安顺的地戏如同出土文物一般扬名于世界。在乡间的地戏纷纷扬扬越闹越红火的那几年中，安顺附近的黄果树瀑布、犀牛洞、天星桥和龙宫等引起世人瞩目的景点，正被有计划地辟为西线风景区，吸引众多省内外、国内外的游览者。先是那些被一股一股西洋风吹得晕晕乎乎的美术界人士对“脸子”发生了兴趣，其中一些颇有见地的美术家们被那些返璞归真的“脸子”所吸引，忽觉得那不正是踏破铁鞋无觅处的宝贝嘛！于是乎仿造者有之，受此启发举一反三运用于砂陶、雕塑、绘画创作中者有之，很快地携自己的美术新作冲向世界艺坛者也有之。

最大量的，则是在全国各地的旅游景点，都能见到各种各样的“脸子”在出售。满街比比皆是，四处泛滥。这一现象，究竟是喜是忧，我也说不清了。

屯堡景观

地戏的话题还可以说上几遍，比如说地戏与日本北上川市鬼剑舞的关系，比如说“脸子”上的画法有什么讲究——不过越往下说越说不完，干脆我就打住，让有研究兴趣的人去深挖细探吧。

随着地戏的名声越来越大，去屯堡看地戏的人越来越多，屯堡的景观也开始引起世人的注意。人们对屯堡的历史、屯堡的文化、屯堡的生存方式和民俗信仰，都产生了浓郁的兴趣。

除了地戏，屯堡还有其他几种民间的艺术样式。前面我提到过的，在白喜场合有人在唱歌，就是一种样式，在当地叫作唱书。传说洪武年间最初在屯堡住下来的“京”族老祖宗们，看到附近村寨上的少数民族在那里喝酒唱歌、边歌边舞，觉得自己的生活和他们相比之下显得十分枯燥，格外想家。于是就将在家乡学过的说唱词，凭记忆记录下来，边哼边唱，自娱自乐，逐渐地形成了唱本。再根据唱本上的内容，改编成地戏来演。

和唱书形成对照的，就是当地的唱山歌。可以说，一到贵州，最早吸引我的民族风情，就是唱山歌了。贵州的少数民族，无论人口多少，居住在水边还是山地，几乎每一个民族都有唱山歌的传统。依照他们的说法是，见子打子，见什么就唱什么。唱情歌的时候，更是显示自己的聪明才智和本领的时候，随机应变，越是能唱的小伙子和姑娘，越能得到情人的青睐和众人的尊重。

屯堡一带的山歌，具有江南民歌的韵律和色彩，但已经吸收了贵州少数民族山歌的活泼、多变、奔放、自由自在的特点。

这种既有江南风味，又和当地特色融合的文化现象，随处可见。

我第一次深入了解的一个屯堡村寨，叫作“放鸽哨”。乍一走进寨子，看到村边的小桥流水，看到村子中央的池塘，看到房前屋后的竹丛，看到房屋的门洞，还有呈明显江南格调的四合院，里头有朝门、堂屋、厢房。院子里有水井，包括门窗上雕刻的花纹图案，我久久地站在那里，恍然间感觉自己走进的是江浙一带的村庄。

直到我在街巷间走久了，看得更细了，我才逐渐发现了这些屯堡和江南水乡的一些不同之处。比如江南水乡的民居，往往称之为粉墙黛瓦，那一片片瓦都是黑颜色的。而在屯堡，虽然也有盖瓦的房子，但大多数房屋，盖的都是页岩石板，大大小小，铺盖得错落有致，远远望去，既是白花花的一片，但又不觉得枯燥，那有弯有斜、有竖有横冰纹般的纹路，映衬在青山绿水之间，别有一番情趣。被不少外国人称之为中国典型古城堡的屯堡村寨，既保存着明清两朝的遗风，又融合着西南和江南各自的特色，非常耐看。

至于过大年的时候，家中不许扫地，说是怕把财宝扫走了，五月端午，要吃粽粑，挂菖蒲，生了娃娃，要吃满月酒等等这些生活细节，则同我们孩提时代经历过的几乎一样。只是讲究的程度不同，江南一带渐渐淡化了的民俗，在屯堡却还完整地保存着。要说差别，最有代表性的可以说是体现在伙食上，今天的屯堡人，已经和所有的贵州人一样，特别爱吃辣，辣子豆腐、辣子鸡、糟辣椒炒肉片，已是安顺屯堡人的名菜，可以说是无辣不成菜了。

奇特的风情，悠长的历史，古朴的艺术，别致的生存环境，构成了罕见的屯堡景观。这就是我曾经生活了整整二十一年的那一片乡土，时常在梦境中萦绕不去的山地。把它写下来，也算是我的一份心意吧。

民 俗 二 例

苗家、侗族的草标

插队落户时，我和妹妹以及她的同学（我今天的妻子）三人曾在几乎是纯苗族地区的黄平县谷陇区参加湘黔铁路会战，虽然组织成民兵团的形式，我们同一公社的年轻小伙子和姑娘全编在一个连队，但是因为要抢修铁路，在连队工棚修建起来前，统统分散在山岭河谷的苗族村寨上居住。

一个星期天，我到妹妹她们女民兵居住的一个坐落在半山腰的苗家寨子去，因为去过多次，熟门熟路了，便也径直穿过院坝，直接往苗家木楼的台阶上走去。

谁知我妹妹惊叫着跑出来，连连向我摆手，并以十分坚决的语气朝我嚷嚷：

“不要进去，哥哥，不要进！”

我只得停下脚步，诧异地望着她。她疾步走过来，指着台阶前竖起的几束茅草打的结说：“看到这个了吧。这是示意主人家有事，陌生人不能进去。”随后，她又放低嗓音悄悄告诉我，房东家的儿媳正在生孩子，以后的一段日子，都不要贸然进去。

这是我第一回晓得苗家有此既古老又文明的习俗。那些年里我正在学习创作，自然就对这些民间俚俗特别感兴趣。后来，在贵州待得久了，走的地方也多了，便晓得不仅黄平谷陇的苗家有此风俗，且黔、桂、湘各地的侗族，同样盛行这样一种以草标示意的方式。这个“草结”在侗语里称“古”，放此草结叫“多古”，意为“打结”“设标”“做标志”，翻译成汉语通常谓“打标”。追究起来，这一方式还得追溯到原始的“立木为信”“结绳记事”时代，可以视为一种特殊的告示。

步入苗家、侗族的山乡，时常可以见到这种表示提醒、引起路人警觉的草标。有人把几棵草捆在一起，打成一结，有人直接在原地将就把草尾打个结。

冬闲时，农民们上山挖煤、去青松林里烧炭，相中了煤脉、看上了某处山林，便打上一个草标，表示此地已有人看中。后来者见了，便不会去乱占乱砍。

春日里，有的秧田下了种，有的水田放了鱼苗（苗、侗、布依各族，都有在稻田里养鱼的风俗），为了防止别人无意间挖开秧田放失了水，或者放鸭子、鹅进去啄食种子、鱼苗，特意在田边设个草标，作为提醒。

冬夏之交，时有山洪暴发，堤崩桥危，有了险情之处，便打上草标。

秋天收获季节，田间园子里的瓜果熟了，插上草标的，就表明是来年留种的，不要随便摘来吃。

还有寨边路侧，设有草标的水井，路人尽可舀来吃，那是示意你舀水喝时，注意清洁，别把食用水搅浑弄脏了。

像我碰上的这种在房前屋后设标，也很普遍，那往往表示主人家正在分娩，或已喜添贵子，婆娘正坐月子，需要安静，请勿打搅。

喜庆之日，更有在寨子外的要道、路口，插有草标，示意远近客人，不能随意进寨，必须唱首拦路歌、吃杯进寨酒之类。

总而言之，每每看到打成各种各样的草标，无论是在山坡上下、田间土头，还是寨里寨外，就令我想起大城市很多书写在墙上提醒人注意的字句。

从这个意义上说，打上草标，不也正是少数民族讲究文明、注重公德的良好习俗嘛。

布依族的招女婿

布依族的招女婿，亦称入赘，是一源流千古的风俗。

应招入赘的男子，不必置备“嫁妆”，按照惯例，举办结婚仪式时，也就不收礼物。结婚时所需的一切花销费用和礼物，均由女家准备。男子到女方家“上门”那天，男方家里不摆筵席，也不举行婚礼。女家迎亲客只消带点肉、鸡和米酒，数量三五斤都不嫌少，只需表示个意思，便算接亲了。因为男方家所有的亲属，随之都要作为送亲客赴女方家去赴宴，吃个畅快。

可以想见，女方家的婚礼必定置办得相当隆重，远亲近邻皆来恭贺，筵席往往要分好几批才能吃完。

在筵席上，女方家的长者，往往是一族一寨中最年长者，会把女方的亲戚一一介绍给新上门的女婿。同时也便给上门女婿改变姓氏，让他随女方姓，且还得按照女方原本在家庭中的排行，确定女婿的排行。如果妻子在家中是老三，即使上门女婿的年龄比妻兄老二甚至老大的年龄还大，女婿的排行仍只能算家中的老三，不得逾越。女方的兄弟同时也对女婿以兄弟相称，决不称“姐夫”或“妹夫”之类，堪称平等。

婚后所生子女，一般也必须随女方姓。但如若女方家里兄弟姐妹多，且长大后成家立业纷纷分家出去单过，上门女婿提出申请，经女方家人一致同意，入赘的男子也可带着妻子儿女回自己老家居住。他们的子女也可以跟随父姓。

上门女婿不论在家庭里、寨子中、社会上，都受到族人们同样的尊重，和女方家庭中的男子享有同等地位，婚后假如碰到妻子早逝，上门女婿同样可以享受女方家财的继承权，并可在寨上续弦。

布依族上门的女婿，往往因男女双方在赶场、对歌中结识相爱，感情深厚，互表衷心，愿意结成夫妻，但只因女方或是独生女儿，或是几兄弟唯她一个女儿，或是弟妹尚小父母需要她帮助，只好招郎入赘。也有的是寡妇带有娃崽，不愿背弃亡夫家，主动招夫上门。当然，男方自愿上门者，往往或因自家经济条件差，置办不起结婚成亲的酒席及礼品，或因本身兄弟姐妹多，离家去上门不会影响家庭，从感情出发，去当上门女婿。

布依族这种自古相传的招女婿方式，其本来就没有沾染汉族封建社会里形成的重男轻女之习，实有其令人羡慕的一面。在招女婿上门较为普遍的地区村寨上，不论生男生女，都被视为传宗接代当然的继承人和赡养老人者。

正因此，在一些布依山寨，计划生育工作的宣传也进行得颇为顺利。

布依石头寨

我插队落户并生活了二十余年的贵州省安顺地区，素以中外驰名的黄果树瀑布著称于世。省内省外乃至国内外来访的文人雅士，不知为这瀑布写下了多少诗文，放歌黄果树的气势，颂扬大瀑布的壮观。20 世纪 80 年代以来，贵州省以黄果树瀑布为中心，配合新发现的龙宫奇观，开辟了一整片风景区，吸引着众多的中外游客。特别是从贵阳到安顺修建了高速公路，150 公里的路程眨眼工夫就走完，西线风景区逐渐为世人所知。众说纷纭之际，很少有人提到离黄果树不远的布依石头寨。其实那里的风情，对我来说有着与大瀑布同样强烈的吸引力。每次有机会去那里，我总要到石头寨转一转，看一看，如若陪着客人，我也必定热心地给客人介绍一下石头寨古朴典雅的传统建筑，并且尽可能带着客人去那里一游。

石头寨是一个布依族山村。200 多户人家，所有的房屋全用石头建造在一座拔地而起、岩石嶙峋的山坡上。一层层、一排排，鳞次栉比，依山耸立，井然有序。远远望去，在阳光的辉映下，宛如片片白云，散落于青山绿水之间，给大瀑布的风光，增添了别致的景色。

漫步石头寨，就会看到每一幢房舍的主体建筑，全由石头构成。其工艺朴实精湛，造型美观稚拙，给人以无限的想象空间。在百年老树的绿荫掩映之下，这里有四面石墙封山、屋体两面用石板盖成的长方体建筑，有石墙间隔、石柱支撑、石阶上达的楼台亭榭，有式样新颖、屋面垂直平稳的平顶建筑，有石砌围墙、自成庭院的单家独户。这些石屋建筑，房门的朝向甚为一致，一排排参差林立，一幢幢纵横交错，真可谓千姿百态、丰富多彩。房屋的墙身，有用块石、片石垒砌或浆砌的，有选用大小一致的石块，精凿细錾砌就的，还有用乱石堆砌，再用石灰或水泥在墙面勾缝的“虎皮墙”。砌石斗缝甚是紧密，缝条层次匀称，堪称巧夺天工。

在石头寨，除了房屋全是石头的，很多的生活用具也都是石质的，诸如石盆、石磨、石碓、石桌、石凳、石椅、石灶、石碾……劳动之余，布依族的乡亲都爱在石凳石椅上小憩闲聊，在一蓬蓬竹林、一棵棵果树的映衬下，呈现出一派南国独特的农舍风光。

石头寨的里里外外，还有石壁、石林、石人、石牛、石马、石柱、石花、石洞、石桥等。这里的岩石和山峰千形万状，或撑天拨云，或悬崖突兀，或形似鹅卵光滑圆润，或如巨龙大蟒深藏不露。山也异来石便奇，令人看后觉得妙趣横生、余味无尽，所有这些石头，都是当地布依人天然的建房材料。老人们说，这里的石屋建筑，已有六百多年的历史。由于石头房屋冬暖夏凉，造价又低且经久耐用，于是便一代一代传了下来。当地的布依族老乡中，也就出了一大批建造石屋的能工巧匠。

石头寨依山傍水，靠河临田。村后绿树浓荫，村前阡陌纵横，村边的小河流水清澈见底。布依族姑娘们常在河边洗衣裳，漂蜡染。河面的石砌拱桥上，更常常回荡着布依族男女青年声声对唱的悠扬情歌。

回归都市数年，整天置身于高楼林立的马路间，置身于汽车的洪流和排放的废气中，置身于大城市的喧嚣与嘈杂的声浪里，头昏脑涨之际，情不自禁就会怀念起石头寨的古朴安宁和山清水秀的风光。只是关山阻隔、路途遥远，石头寨的风情，只能在梦中领略了。

背带恋三则

背带，俗话称背衫，它的实际功能是山乡妇女生下娃娃之后，背娃儿用。但在各族群众千百年的运用和发展之后，背带逐渐地又有了它充满风情气息的艺术美和独特的俚俗。

我曾经生活了二十一年的贵州山乡，是最具特点的地区之一。20 世纪 80 年代改革开放以来，背带不仅在贵州广袤的乡村始终得以普遍运用，且在一般的中小城镇都有出售，即使在大中城市，也时有所见。在风景地、在大学园区，我甚至还看到过几个外籍妇女，很自豪地以漂亮的背衫背着自己的孩子。想必，她们也觉得背带不但经济实用，而且是种艺术品吧。

背带恋

贵州渐为世人所知的西线风景区，除了有举世闻名的黄果树大瀑布群落，有奇妙无比的龙宫，还有一个胜于鬼斧神工的打鸡洞。这打鸡洞内发现的钟乳石，由于它的精美、神奇、独特、不可解释而吸引了成百上千的中外专家前来观赏研究，更因它传开的名气吸引了成千上万的游客。

打鸡洞在织金县，人们在到达织金县游览的同时，惊异地发现，这里的苗族青年男女谈恋爱时，离不开背带。而且，每个女青年进花场时，身上都背着这么一个空背带，仿佛这是入场券似的。

原来，年年的农历二月十八、七月十五至十八的花坡场，是这一带苗家的跳花节。姑娘们纷纷穿上漂亮的衣衫花裙、背上精心绣成的背带，到这里来耍，更是来挑选意中人，而这花背带，就是一种标志，表明姑娘至今尚未选定对象。同时，这背带又显示着自己在缝绣中的能干和手艺，希望青年男子通过背带上的花纹图案，洞察自己的干练和巧手，以博得意中人的青睐。而踏进花场的男青年，在交谈对歌之前，往往也就从背带刺绣的图案是否美丽匀称、色彩是否协调、工艺是否精细、整个画面是否引人入胜、是否具有想象力等来推断并判定姑娘是个什么样的人。就如同读者可以从作品中看出作家的风格一样，聪明而有眼力的小伙子，几眼就能通过姑娘的背带看出姑娘的为人和个性来。况且，来挑选对象的小伙子，身旁往往还有几双义务参谋的眼睛呢。

由此，也就能看出这背带对一个豆蔻年华的妙龄少女是多么的重要！它是跳花坡上的绿灯，是与异性交往的桥梁。溪河两岸、竹林边上、树荫底下、半山坡上，背着空背带的姑娘和小伙子们三五成群，遥遥相对，或对歌，或谈心，当双方都感觉到情投意合有悄悄话要谈时，就不约而同地离开众人隐入密林丛中或是大树后面，作进一步的推心置腹的深谈。谈成了以后，姑娘就再也不需背着背带进跳花场了，她只要安心等待着喜庆的佳期来临。

织金县的珠场、龙场、关寨等著名的苗族跳花坡，少则有万人上下出入，多则有三四万人，盛况空前，背着花背衫的姑娘们比比皆是，十分引人注目。站在高处向着花坡眺望，嗬哟，那简直是一片花的海洋，壮观极了。

从民俗学的角度来说，落落大方、真诚坦然地背着花背衫进入跳花场的姑娘，一开始就以此隐喻的方式直率地承认恋爱、结婚、建立家庭必然是和生儿育女、传宗接代分不开的，反映了山乡民间对生生不息、宗族传承、递继子嗣的重视。

送背带

在贵州的另一个少数民族布依族的风俗中，漂亮的背带则是由未来的老外婆准备的。

当得知自己已经嫁出去的女儿怀孕以后，老娘亲就要精心地准备背带了。而当出了嫁的女儿即将生育，未来的老外婆就要把漂亮的背带送到女儿跟前，以表老人的心意。

背带，在布依话里叫作“那”，做得特别考究。它分成里外两层，里层用的是棉布，还垫着薄薄的一层棉絮。外层则常常是用丝绸作衬，背面绣有多种花纹图案，丝线的配色也甚为讲究，工艺精细，制作这么一个背带，往往要花去几十个工。它是老人送给女儿的礼物，也是老人送给隔代儿孙的礼物，因此意义非同小可。绣得特别精美的背带，就会在整个布依寨子里传看，引得寨邻乡亲们的阵阵由衷的赞叹。当用这样的背带把娃儿背大以后，做母亲的就会悉心将背带收起，藏好。多少年以后，等娃儿长大了，特别是见到孩子有出息的时候，母亲就会把背带拿出来给孩子看，告诉他（她）就是用老外婆亲手做的这个背带把他（她）背大的。当儿女的，也就会像对待传家宝似的，把背带收起来。

当已经嫁出去的姑娘即将临产，生第一个孩子时，能收到娘家母亲送来的花背带，感受到的不仅是温暖的母爱，更会有一种自豪感和责任感。我想之所以产生这种感情，这里面是否也包含了对人类繁衍、传承的神圣的责任感？

正因如此，所以送背带的仪式也就格外地隆重了。

送背带的这一天，未来的老外婆要邀约同一寨上的亲朋好友们一道前往。送去的礼物，除了绣得十分漂亮的背衫，还有被面、垫单、柜子、绣花帽儿、娃娃鞋和一些酒肉、糯米粑粑。陪同前往的亲友们，也分别都要带些诸如土布、花布、大米、糖、面条、糕饼之类的礼品以示祝贺。

送行时，未来的老外婆抱着背带、打着花伞走在前面，陪同前往的亲友和抬东西的小伙子跟在后头。讲究一些的人家还要雇上两个唢呐吹奏员热闹热闹。

而为了迎接丈母娘送来的背带，女婿一家子也得忙个不亦乐乎。头前两天就要杀猪宰鹅、操办酒席，准备宴请远近客人。

到了酒席桌上，更有双方的男女对唱酒歌和送背带歌，把这一仪式推向高潮。而远近的寨邻乡亲，也就自然晓得，某户人家最近又添子添孙了。

婚礼上讨花带

如果说甚为讲究的背带是姑娘或是老外婆的大作品的话，那么很多姑娘几乎与背带一同绣的花带，则只能说是习作了。

在贵州的苗、布依、侗及其他少数民族的姑娘，长到十四五岁时，就要学绣花、学蜡染、学织花带了。

在带子上学绣花，固然是为了操练绣花的本事，绣到一定的水平，花带就是社交活动中的礼品了。绣出的花带，可以在赶场天拿出去卖，可以随手缝在袖口上、衣领边，可以和花帕一起扎在头上，到了逢年过节时，可以送给贵客，送给在游方时结识相约再见的后生，但更大的用处，则是留着在自己嫁到男方家去时，送给来讨花带的后生们。

讨花带，是婚礼上一个颇有喜剧性的热闹场面。

新娘出嫁前，当伴娘的就要把姑娘多年精心编织的花带，剪成一米来长的一截一截，连同衣物及其他东西，由伴娘背到男家去。

到了男家，新娘、伴娘和陪送前去的姑娘们，单独待在一间屋子里，吃过了晚饭，就等寨子上的后生们来讨花带。

后生们来讨花带时，得把新郎拉来。而姑娘们见后生们来了，往往故意重重地把门闩上。后生们这时就会急急地赶过来使劲拍门，姑娘们这才表现得极不情愿地打开门来，伴娘这时就要严厉地问："你们想干什么？"答话的往往是领头的后生，他不是个巧言利舌的人，也必然是个能说会唱的角色。他会朗朗上口地唱道："夜歌不能白天唱，花带不能伴娘送；讨根花带认新娘，有请新娘走上前。"

新娘哪里经历过这一众人围观的大场面，只能羞涩地低下头去不吱声儿。如果伴娘是个善言善语的人，就会唱歌盘问调皮取笑的小伙子们，要小伙子们见子打子当场回答问题，那场面便会热闹非凡，歌声笑声不断。两个寨子的姑娘、小伙子们也就增加了一个接触和相识相知的机会。如果伴娘也很老实，比较怕生，那么她至少也得表示这么一层意思：既然你们是来认新娘的，那么我们远道而来的就要先认认新郎。新郎被推到前头来以后，伴娘还要盘问他一两句话，不管那问题是好答还是难答，聪明的新郎都不消自己开口，那个巧言利舌的后生自会给他对付过去。

说笑嬉闹一阵以后，伴娘会把包好的花带拿出来，首先递一根给带头戏谑起哄的领头后生，领头后生必然不愿接，他坚持要新娘先送给新郎，并且还必须得让新娘亲手拴在新郎身上才算数。

这一过程使得讨花带进入高潮。新娘听到这种要求，自然是背着手将身子扭到一边去，扭转绯红绯红的脸不言语。小伙子们就会趁机起哄怪叫，姑娘被逼得无奈，只得冷不防把花带扔到新郎胸前，这时候姑娘和小伙子们会一起不约而同地大声嚷嚷：不作数，不作数！一定得要两只手捧着花带恭恭敬敬递过去。新娘为了过这一关，只得照做。但新郎见新娘把花带递过来，劈手夺过，转身就跑，小伙子们哪里肯依，一起扑过去将新郎抓回来，推到新娘跟前，要新娘亲手把花带拴上新郎的腰间。新娘越是害羞越是受罪，最终总仍要在越围越多的人们起哄声里把花带拴上新郎腰间，才能过关。

当新娘终于给新郎拴上腰带时，人们就会拍手大笑，故意推推搡搡地把新郎新娘挤在一起。到了此时，伴娘自会拿着花带挤过来，把花带一根一根递给新娘，让新娘把一根一根花带散给小伙子们。

最后，人们尽欢而散。

彝族迎亲记趣

20 世纪 60 年代末，我初来贵州高原插队落户的时候，就听到这么两句顺口溜：“黔西大方一枝花，威宁毕节苦荞粑。”说的是黔西、威宁、毕节一带生活条件的艰辛，环境的险恶，日子的难以打发。我所在的修文县，相比之下要好多了，内心里还有种自我安慰般的欣喜。

修文县盛产马铃薯，产量中的相当一部分，装箱出省、出口。而马铃薯的良种，则年年需要到威宁县去串换而来。只因为威宁是贵州马铃薯的故乡，那里的马铃薯皮薄个儿大，淀粉含量和出粉率都高，口味也好，利于加工。每年的马铃薯下种季节，我总随卡车队到威宁县的乡间去串换马铃薯种子。那地方山高谷深，气候寒冷，风刮上来就如同有刀子在戳着般难受，是一趟苦差事。

但苦中也有乐，那便是我串换良种的十冬腊月，正逢彝族百姓结婚迎亲的时节。在等候开票装车的日子里，我总要兴致勃勃地去寨子里看个究竟。

那里的彝族乡亲，每逢嫁姑娘时，都要举行隆重的欢迎接亲队伍的仪式。

喜期那天，嫁姑娘的人家要用木棒、松枝和树叶花草，在家门前搭起一个简易的棚子。请来几位德高望重的寨老，坐在棚子里。在彝语中这叫“超戛”。意思是老人们对嫁出去的姑娘表示关心和体贴，并祝她在新婚家庭中万事如意，幸福快乐。

在搭棚子的同时，还要在面对姑娘家正门五六十米的过道处，架起三座象征金、银、铜的龙门，等待接亲队伍的到来。

当男家派出的接亲队伍来到“金门”前时，寨子上的姑娘们就在一片欢笑声中迎过去，借以堵住“金门”，并唱起“酒礼歌”盘问对方。那歌词调皮诙谐，总要出几道难题给对方。对方答唱如流，则能过“金门”，向着“银门”走来。若对方答唱不上来，就要被姑娘们泼事先准备好的冷水，还要遭到姑娘们歌声的嘲笑奚落：“没有力气别拾柴，不会对歌你莫来。”这时候，尴尬的接亲队伍就要请“超戛”老人出面解围方能继续前行。

过了金、银、铜三道门也是三道关，进得寨子，接亲队伍吃完饭，就开始对酒歌。这酒歌要唱整整一晚上，如同我们说的“通宵达旦”，所以程式更为讲究复杂。

首先，接亲的一方在出嫁姑娘家的堂屋里，以酒礼歌的形式，边唱边摆出绣花的头巾和各式衣料。然后，女歌手们论资排辈，从出嫁姑娘的婶娘、姑妈、姨妈，分上下两排唱“果沟果戛你”的酒礼歌。接着，由年轻的姑娘和媳妇们，分左右两排坐下，一边代表出嫁姑娘，一边代表姑娘的嫂嫂，开始对唱。这一形式叫“克式克左”的酒礼歌。因为有足够的时间，这些歌都唱得十分详细琐碎，带有教导和劝世的性质。比如在唱“劝饭歌”时，就不是一般的客套，而要唱出整地、翻犁、撒种、薅秧、追肥、管理、收割、脱粒、晒干、磨面、淘洗、做饭的一整套过程。其间嘱咐出嫁的姑娘要辛勤耕耘、勤俭节约、细水长流，才能过着幸福的生活。正因为如此，在唱歌时，出嫁的姑娘要由自己的哥哥或弟弟背着，声声哭泣，以示认真地听取这些善意的忠告，直至拂晓。

凌晨，出嫁的姑娘由兄弟背出门，伴随的姑娘们送她到大门口，拿一床披毡轻轻盖上她的头顶，表示姑娘已经嫁出门。天亮后，接亲队伍可将姑娘接走。在姑娘未出发之前，凡来吃喜酒的宾客，不管是年轻的还是年老的，也不管是媳妇还是姑娘，只要是会唱酒礼歌的，一律都被邀请到“超戛”老人们前面的另一堆篝火边，排列成行或围成一大圈，进行更大型的酒礼歌演唱。这一场面往往更为隆重热烈，更为壮观和吸引人。歌唱的内容非常丰富，曲调也分外优美。曲牌则有劝嫁歌、劳动歌、悲伤歌、感激歌、惜别歌、祝愿歌、孝敬歌、文明歌等数不胜数，要唱到天明送亲才告一段落。

每次去彝族迎亲的寨子看热闹、听歌，歌声间歇时，抬起头来眺望那莽莽苍苍黑黝黝的山岭，坡高林密，凛冽的寒风直扑颜面，我陡然想到，若是没有这婚礼，若是不举行这隆重热烈的接亲迎亲仪式，偌大的山山岭岭之间，不就是一片冷寂凄凉吗？那这样的冬天，过起来还有什么滋味？

恋爱豆腐果

去年夏天，我和家人同返贵州。住在酒店里，早餐是免费的。可当我起床后，却怎么也找不到叶田了。

用完早餐回到客房里，才见叶田和他妈妈兴冲冲地赶回来，手里还提了一兜点心。打开一看，却是贵州有名的小吃：恋爱豆腐果。原来他们一早赶出去，就是尝小吃去的。20 世纪 80 年代，我们生活在贵阳时，每逢周日，叶田起床后就去厨房拿好加盖的搪瓷碗，催着我们上街去吃早点，尝肠旺面和恋爱豆腐果。

小小的恋爱豆腐果，为什么如此诱人呢？我们离开贵州已有十二年了，为什么一回去，他们就急于要去尝一尝呢？原来，恋爱豆腐果确有它的独特之处。

贵州人的饮食习惯是重咸鲜，喜香辣。恋爱豆腐果是切成长方形小块的白豆腐，经适量碱水发酵后，放在有眼铁片上烤制的。而它的烤制方法有许多学问。烤豆腐果烧的是糠壳而忌用煤。煤火烤东西火力不均且带有煤焦味，用糠壳则避免了上述弊病又降低了成本。烤豆腐果时，应不断翻动，以免烤煳，而翻动时要格外小心，以不损坏豆腐果外表为佳。生意人都带有小铲，他们用小铲翻动豆腐果，并不时在铁制的烤床上抹一点油，既为防止豆腐果粘连，又能使其表面光滑，色泽黄亮。每当顾客光临时，生意人就用一块极薄的竹片或小刀将烤得嗞嗞作响的豆腐果当腰剖开，填进辣椒、生姜、香葱、蒜泥、折耳根、麻油、酱油和醋配制成的作料，这时趁热吃下去，咸辣爽滑，满口喷香，不失为一种享受。

1939 年 2 月 4 日，筑城被日机空袭后，贵阳地区警报频繁，百姓一夕数惊。市郊东山、黔灵山、彭家桥一带成了人们躲警藏身之地。而在警报解除之后，成千上万的躲警者从树林里、山洞里出来，这些地方又往往出现一种短暂的热闹，畸形的繁荣。当时彭家桥有名的叫张华峰的老汉，同老伴摆摊为生。他们根据躲警群众腹中饥、时间紧、图简便的特点，把自己的住屋辟成店铺，用糠壳燎火，烤豆腐果卖。由于他们的豆腐果呈金黄色，外焦内嫩，作料齐全，风味特殊，且价格低廉，便于携带，很快打开了销路。在那兵荒马乱的年月，许多人来吃豆腐果是为了解馋或充饥，往往是吃了便走。唯有那些恋爱中的青年男女，似乎藐视炸弹的威力，他们买一盘豆腐果，蘸着辣椒水，细嚼慢品，谈笑风生，一坐就是半天，倒把老两口的鸡毛小店变成了谈情说爱的场所。一些人见了，便在背后开玩笑说这些年轻人在吃恋爱豆腐果。此话传到老两口的耳朵里，两位老人倒也开通，顺风吹火，把自己的产品定名为恋爱豆腐果，一传十，十传百，贵阳全城都晓得彭家桥有恋爱豆腐果小吃。至今六十多年，张华峰老两口早已作古，那小小的恋爱豆腐果铺也荡然无存，可烤豆腐果成了一些人的职业。延续到今天，贵阳卖豆腐果的摊子遍布大街小巷，少说也有两三百家。

小小的恋爱豆腐果，不但名称奇特，还让人经久难忘呢。

拐 亲 私 奔

那是我在贵州任乡村耕读小学教师时发生的事。

一天晚上，正在读书，寨上有人来报，我的一位女学生遭“拐亲私奔”了。这里要申明的是，说是我的学生，其实这姑娘已经19岁了。偏僻乡间，姑娘读书不被重视，长到十三四岁，就出工干活赚工分。只有农闲时节，提只书包来上几天课，所以成绩总是不好，升不了级，到十八九岁，还在读五年级。尽管如此，她终究还是我的学生啊。我听后扔下书就急着问：“那怎么办？”

“不碍事的，最多三天，拐走她的男方家庭就会来通报。”来讲这消息的小伙子坦然笑道。

果然，第二天一早，14里地之外的中寨就来人报，姑娘在中寨某家。这姑娘自小父母双亡，随长兄过日子。大哥一听小妹有了着落，便和大嫂一起，对着中寨来的人一顿痛骂。而中寨来的通报客则始终是笑眯眯的，一两个钟头之后，待大哥大嫂骂累了，中寨来的客人就细细介绍男家的情况，并且说，消息在四乡八寨已经传开，生米煮成了熟饭，请大哥大嫂成全此事。于是乎哥嫂二人就和来客谈条件，因为妹子起先由哥嫂做主，许配给了别的男家，收了别的男家一些彩礼，这份彩礼加上赔礼的钱，就得由中寨的男家出。另外姑娘自小到大，拉扯她实在不容易，作为娘家一方，必要的彩礼总得收一点，这样也不至于让你们太看轻了小妹。中寨的通报客自然笑容满面，一切条件都接受。大哥大嫂呢，态度也慢慢改变，作出气消的样子。几个月后，小妹就正式地举办婚礼，嫁到中寨男家去了。

乡居十余年中，接连遇到几回“拐亲私奔”的事，我才明白过来，原来这“拐亲私奔”是一种风俗。往往发生在自由恋爱的男女青年中，而且至少有一方已由父母做主，定了亲。但青年本身，对这门亲事是不愿意的。于是就商量好以“拐亲私奔”这一形式，来同家庭抗争，争取恋爱婚姻的自由。在我遇上的几桩“拐亲私奔”案中，往往都是以老人的妥协而圆满解决的。

蛮荒偏僻的山乡，“父母之命，媒妁之言”的传统仍然盛行，而自由恋爱之风，也已吹进了山旮旯里。两种观念冲撞着，就产生了这种具有当代特点的“拐亲私奔”，年青一代表示了抗争，父母一方有了个下台阶的机会，矛盾亦便在这一喜剧般“拐亲私奔”中得到缓解。

有朋自远方来，谈及那一片遥远的乡土，说“拐亲私奔”这类事，在我们插队时，一年中难得发生一起。而如今，一年中竟会发生多起，我听后说不出是喜还是忧了。

黄金峡谷之行

听说黔西南的大山里发现了金矿，我们一行数人，带着一点猎奇心理，怀着开眼界、增知识的愿望，踏上了到金矿去的道路。

简而言之，我们是冲着充满诱惑力的金矿去的。

到金矿那天，我们的车由乡间公路拐进那条当地人称作“黄金大道”的山路，颠簸摇晃地向前驶去。

说是“黄金大道”，其实只是野外工程见惯不惊的那种“引路线”，说得坦率些，就是为方便运输施工设备和器材临时修的简易公路。这条路真是粗陋得同它的名称不相符。我们的面包车往里驶去时，不得不因高低不平的路面时时停下来，往陷下路基的泥坑里填石头，往溜滑的路面上垫沙子，或是移开挡路的巨石，将其轰隆隆掀下深谷里去。

尽管费了老大劲儿，崭新的面包车仍免不了让挡道的石头划了几道。短短的七八公里路，竟折腾了两个多小时。可别鄙视这条黄金大道啊。后来我们得知，黄金峡谷的生活车，每天都要从这条路上开去开来，到二三十公里之外的乡场上为职工们买菜。而这条道路的路基下面，也埋藏着金子！

车子沿着黄金路开进了地质勘探队的工棚区，我们才发现，所谓金矿，其实便是坐落在崇山峻岭间那偏远闭塞的小村寨旁的一个深深的峡谷——黄金峡谷。

黄金峡谷一派幽雅宁静的田园风光，稻子随着轻扬拂面的秋风送来阵阵醉人的馨香，疏疏落落的村寨掩映在绿树浓荫之中，明丽的秋阳下，河溪里的流水银子般闪烁着光芒，竹林中有鸟儿在啼鸣。绵延无尽、气势磅礴的山山岭岭，有的指天戳云，有的浑如小丘，有的雄峻粗莽，有的奇秀壮丽。

难道这便是我们想要看的金矿工地?

直到进入峡谷，我们才逐渐领悟，所谓金矿，便是时常见到的黄泥巴，所谓冶炼，便是那些简陋平常的设备和喷头。黄金，就是在这荒僻的山野里炼出来的！环顾四周，落入我们眼帘的，是钻探黄金的一座座钻塔，是为勘探金矿而挖开的一条条槽子、一个个坑道，是黄金开发公司开辟的工地和堆淋池与浸泡池，是所有在黄金峡谷里生活的地质勘探职工们在荒坡上搭起的一座又一座油毛毡工棚。

我们也便住进无数工棚当中的一间简易的招待所里。就让我们一起，认识一下黄金峡谷里的人们吧。

挺有诗情的，这里叫凉风垭口。名字是钻工们起的，他们习惯了，爱给人起外号，也爱给山起名字。贵州高原的山多，多得难以计数，很多山便没有名字。在黔西南荒寂的山野里，要想把云罩雾绕、耸入云天的千百座山峰的面目看分明都不易，更别说讲清这些山的名字了。于是，终年跋涉在山野里的钻工们便习惯了给山起名。

凉风垭口只是他们起的无数个山名中的一个，却也名副其实。

我们是在早晨九十点钟迎着旭日上山的。久未爬山，累得气喘吁吁、大汗淋漓，攀上凉风垭口的钻塔，一阵山风呼啸而来，冷得我们直打寒战。夏末秋初的炎热天气，站在山头上却觉穿件长袖衬衣都不够了。

这么大的风，钻塔上却没遮帆布，那不更冷吗？

技工汪茂林把我拉到一边，在隆隆的机器轰鸣声中提高了嗓门说：“风太大，帆布遮不上去，一遮就让风吹落。”

白天的风就大得如此骇人，到了夜晚，那还受得了吗？我留意到钻塔角落里的一只炭炉。汪茂林出完岩芯走过来，指着炭炉告诉我：“上夜班，就全靠它了。”

“烤得暖和吗？”

“够呛！烤着前胸，后背是凉的；烤着脚，手是僵的。”汪茂林朗声笑着对我道，“这还是好的！恼火的是上零点班下大雨，淋得雨一身，沾得泥一身，钻塔上遮不住帆布，八小时都得站在风雨之中打钻取岩芯。”

贵州这地方，雨水多，素来有天无三日晴之说。一边听他讲，我一边回首瞅着那条上山来走过的崎岖小路。白天里走上来，我们都用了一个多小时，若是晚上呢？我的眼前不由得浮现出黑夜里风狂雨猛的一幕：钻工们打着电筒，披着雨衣，踏着泥泞，沿着溜滑的小路往山上攀登、攀登……

“噢，这真是很艰苦的。”我不由得自言自语。

“这算啥艰苦，这只是家常便饭。”一个年轻小伙子接过话来道，“我们这地方，在地质队的野外，算是条件好的！”

我将信将疑地看着小伙子的脸，猜测他是不是在对我讲大话。随着我们采访的深入，随着我们在地质队待了一段日子，我逐渐意识到，小伙子说的是大实话。

117队大队长胡世纬同志告诉我，现在正在更大范围内踏勘金矿的年轻人，生活更为艰苦，更为游动分散，他们借宿在山寨老乡的牛棚里、柴楼上，茅草铺地，倒头便睡，虱子、跳蚤身上爬，整天在荆棘丛生、蛇虫出没的山野里奔波，一身晒得黝黑，和非洲人差不多。在大河边那个组，在白地乡、烂泥沟等散在黔西南漫山遍野中的这样一些大学生、中专生都在莽莽苍苍的山岭间跋涉勘探，为找到更大、更有价值的金矿，默默无闻地工作，奉献着青春。但他们豪放地对我们道：我们的生活苦中有乐。一位两鬓染霜的老工程师说："我从大学毕业走进地质队，就住在这样的工棚里，现在马上要退休了，即将从这样的工棚里走出去。说实在的，我对这风吹日晒、歪歪倒倒的工棚，还有一股依恋之情。"年轻的地质队员对我讲："苦我们不怕，我们怕的就是业余生活太枯燥，精神世界太贫乏。"还有个年仅23岁，却已有五年工龄的钻工道："我啥都不怕，就怕找不到婆娘。"他的话逗起我们一阵大笑，可说的却是实情。在野外地质队里，流传着这么一首歌谣："有女不嫁地质郎，一年四季守空房。春去秋天盼冬归，带回一包油衣裳。"这自然是带点夸张和诙谐的。有位小伙子，还讲起这么一段插曲：有回他们驻在一个荒僻的山野里，几个月没有见到女性了。一天下午，山路上远远走来一位妇女，小伙子欢呼起来，几个钻工纷纷跑出来，眼睁睁地瞅着那位妇女远远走过来，走过来，走过他们跟前，又渐渐地沿着山路远去、远去……

这种感情，没在荒无人烟的野外生活过的人，是体会不到的。当然，地质队员们也有牢骚怪话，他们抱怨野外工作的艰辛，抱怨业余生活的单调乏味，他们渴望全社会重视地质工作，他们不能容忍轻视地质队员的舆论和思潮，他们希望不致成为被社会遗忘的角落。他们——几乎是老、中、青三代地质工作者，呼吁人们的理解，哦，这是一些多么实在的人。是啊，我们是冲着充满诱惑力的金矿去的。可我们不但看到了黄金，我们还认识了真实而可亲的具有黄金般品格的地质勘探队员们。

这是比看到了金矿更大的收获。

第四辑 情系山乡

闲 话 久 长

这久长实在是个好地名，让人和人的情谊久久长长，让人与土地的情感久久长长，让人长久长久地记得它。

车来车去，每回过久长，不管车里有多少人，不管别人会不会有意见，我都要请司机把车停下来，让我下车去走一走，看一看，不为别的，就为了却一下自己的心愿。

同车的人不甚熟悉，我也不多言语解释。同车的若多是熟人，我便大言不惭地告诉他们，这儿，久长，是我插队多年的地方，大有革命老前辈返归当年战斗过的地方那种说话语气，且还有点扬扬自得。直到友人无恶意地对上山下乡那件往事耿耿于怀地说出几句讥讽的话来，我才收敛一些自得的神气。时代使然，那怪不得友人，自然也怪不得我。虽然是因为插队落户，我才来到这块小小的无名的地方，但是每一个人对他生活过多年的地方，都会产生一种割舍不断的感情。况且我的青春，我的追求，我同文学的缘分，甚至我的爱情，都是从这里开始的。我不能像一般的路人一样漠视这个地方。我在这里住得太久了，久得甚至对这里秀丽的风景都变得有点麻木了。

现在一旦下了车，我便急急地跑去寻找和辨认。寻找我初到久长那个飘洒雪花的晚上住过的房子，寻找那间陈旧的设备简陋的邮电所，寻找候车时久久与我为伴的那根电杆，且把眼睛睁得大大的，辨认一张张路人的脸，极力地想从身边走过的人中间认出一个两个当年的熟人和乡亲。真的喊出一个两个熟人的名字，我便顾不得满车人还在等待，就站在路边和那人聊起来，寨子上如何，乡间怎样，酒疯子还活着照样酗酒，小虎儿的女儿现在都快出嫁了……唠上几句，我会感到踏实，感到心安一点。若是听到一点好消息，我还会带着满意的表情上车，大声招呼司机："开车。"俨然不像个搭车的人，倒像个什么首长。

遗憾的是，这样的情况实在很少。每回下车后，故友重逢般地见过那些过去看麻木了的景致，虽还感到亲切，但是，逛过一圈重新坐回车上，我总会不由自主地生出一股惆怅之情。报纸上时常在报道，山乡里在变，村寨上在变，我的这可以称作"第二故乡"的地方，怎么总是一张老面孔，一点没变呢？于是我便闭了眼，什么话也不说，任凭车子在山乡公路上颠摇着北去或是南归，陷入闷闷的沉思冥想中。很多住在乡间时的往事，便会那么清晰、那么自然地浮现在眼前。

我记得青黄不接的五黄六月，怎样随着老乡们上山去挖蕨根、掏野菜抵饿充饥；

我记得山路上结满桐油凌的寒冽的冬腊月间，怎样和寨邻乡亲们围坐在火塘边摆龙门阵；

我记得雨夜抢收白天晒在场坝上的谷子，妹妹怎样因没披雨衣而生了病，我曾经大发脾气；

我记得烈日下耕耘薅秧蚂蟥怎样叮在脚上，老农笑眯眯地用烟油把蚂蟥熏落下来；

我记得年年九月初霜降的头一天空气是怎样的清凉，山野里那一片白花花的景象；

我还记得……

我真不相信会记得那么多，但我确实仍记得。

今天的景物依旧，今天的山乡也还依旧吗？若还同我在的年头那样，那真是件令人遗憾和伤心的事。1982 年初冬，中央电视台的同志为我拍专题，去过一次寨上，除了上面拨款翻修了我曾教过书的小学校，寨里一切变化不大。唯一变了的，是我们知青当年住的茅屋倒塌了，是我熟悉的那些中年人脸上爬满了皱纹，是那时的年轻乡亲们现在都已拖家带口，而当时那些个老汉，好几位已不在人世……我眺望苍山，想起了一句诗：“坡是主人人是客。”

我真有些伤感了，在扪心自问：这深山里的村寨，这块遥远的土地，什么时候会有点变化呢？

我算得一个有耐心的人了，我到这儿时是 19 岁，可我都 30 出头了，难道还要我等？

今年初夏，北去遵义，又一次路过久长。我照例地下了车，还挎了只照相机，想把那根当年的电杆、初到山乡住过的那间房子和常常光顾的邮电所、经常开会的院坝照下来，留个纪念。可是，跑来跑去，木电杆变成了水泥杆；住过的房子翻成了生意兴隆的饭店，里头人声鼎沸；那间小小的邮电所原址，修成了三层楼房；原来空落落的开会院坝上，建起了漂亮的办公楼、招待所。在饭店门口遇到一位当时 20 来岁的好友，他朗声笑着告诉我，这地方在变啦，出了开磷矿的专业户，还有号称百万富翁的农民，至于惯常说的万元户，他嘿嘿笑着，文绉绉地冒出一句：“鄙人也算一个。”边说边硬要拖我去家里喝酒叙旧。要不是面包车里五六个人等着，我真想跑了去。

是的，我都38岁了。这地方再不变也太不像话了。她也该变了，该变得比过去美好一点了。

于是我写下了这篇《闲话久长》。

别亦难

说要走、要走、要走，临到真正获知同意我走时，我的心又惆怅地悬浮起来。连续多少个夜晚扪心自问：当真要走了吗？当真要走了吗？

1985 年的春天，75 岁的老母来信告诉我，她的一只眼睛开始看不清东西，很希望我回去照顾她。她说我离家已有十六年了，很多插队落户的上海知青都回去了，我也应该可以回家。据此我交了请调报告，当时上上下下是一片挽留之声，领导还派了干部去上海探望我母亲，说服了她。我也便留了下来，一留便是整整四年。1989 年 3 月，母亲双目失明，她已不能执笔给我写信，信是亲戚写的，告诉我老人很烦恼，天天喊着请人写信要我回上海。那时我正在中央党校学习，便写信托自小一起长大的同学想方设法送她进一所市级医院动手术。12 月，我赴京开会，绕道上海看望母亲。母亲手术后效果不好，眼睛老流泪水，配了深度的眼镜，只能勉强辨识人影在她眼前晃来晃去。我回家十天，她天天要我同意设法调归。她说你 19 岁离家，现在已 41 岁，当年说把青春献给祖国，你已经献了，为什么那些家庭没困难的都能回来，你就不能回来照顾老人？你还要我盼多久？

我知道母亲的记忆里还残留着她对贵阳的印象。那是抗战初期，日本人打进江南，她携我的大哥逃难路经贵阳，住过一阵。

我决定出来插队落户那一晚，她整夜在我床边踱来踱去，翻来覆去讲的只是一句话：贵阳只有一条街。何况你去的是乡村，真是不懂事啊！这一次，亲戚朋友们更是站在我母亲一边，有劝的，有说激愤话的。总而言之是要我回归。

我只能据实说我何曾不想回上海，这是我的故乡，我自小生活的地方。但调回上海岂是像买一张戏票那么容易？我去找了上海作协，说了我的困难，请求他们帮助。上海作协的领导立即请示研究，并以最快的速度正式答复我，同意照顾我调归。

于是我在上海当着母亲和亲属写下请调报告，回黔后和妻儿商量定下来，就把报告交了……我十分感激各级领导和省委几位主要领导同志的盛情挽留，我也十分感激他们最终对我家庭遇到的困难表示的理解和同情。当我确知领导上终于同意我调回上海时，整整一个通宵我没睡觉。除了预感到这是我命运中一个巨大的转折之外，更多袭上心头的，是一股依恋的情绪，是由即将到来的离别引出的莫名的惆怅和汹涌的思绪。

是的，到贵州那年我 19 岁。19 岁的小伙子懂什么呢？ 1969 年，又瘦又小的我除了虔诚便是盲目。是贵州的山水土地哺育了我，是贵州勤劳朴实的各族人民养育了我，是贵州的各级领导培养了我，使我从一个少不更事的青年成长为一个作家。

我忘不了，在偏僻村寨的山野田坝间，跟着世代栖息在这里的农民们学犁田、钻煤洞、敷田埂、采茶叶、熬更守夜看谷场、挖野菜、抗旱、摘红籽檬充饥，学做一系列的农活。记得那是一个飘飞凌毛毛、冰雪封山的日子，我高烧病倒了，孤身一人躺在茅屋里。每天，一个十四岁的娃娃，用竹壳热水瓶给我送来满满一瓶豆浆。那四天里，我就全靠着这豆浆维持着病体。后来，还是我的这个学生，冒着寒冽的北风和雪凌满地的泥泞，到另外一个寨上喊来了医生，打了针、退了烧（今年我才从寨上来贵阳的另一个学生嘴里知道，这个孩子在出外打工时，让倒下的砖墙压死了，我非常难过）。记得那年夏天，不知怎么搞的我脖子后面生了一个疮，吃药、打针都医不好，反而一天比一天严重，日夜痛得不得安宁。是山寨上那个平时说话不多、干活路时爱唱几句山歌的老汉，特意为我跑到高高的山坡上采来了草药，敷了几天，竟神奇地消炎退肿了。后来人们告诉我，他虽不是医生，但治毒疮的中草药是他家的祖传秘方，不是他看得上眼的人，他还不一定肯给治呢……记得我在乡间的那些年里，外面的世界纷纷扰扰地不太平，“文化大革命”激发的权欲满世界泛滥。我在山寨上过日子，虽然生活得艰辛而清苦，却享受着一份出奇的清静。除了累人的劳动，倒没几个人来歧视你折磨你，清贫的日子过得还是相对安宁的。正是这样的年月里，我萌生了学习创作的愿望。那年头，就连一同来插队的知青中也有人说我这是资产阶级名利思想，是没有接受好“再教育”。但是纯朴的农民并不这么想，他们看我劳动之余还要起早贪黑写作，干脆把我调进耕读小学执教，让我在教学之余可以有更多的时间“写书”……哦，就是在这样的岁月里，在这些渴求着过吃饱穿暖的生活，然而温饱恰恰又不得很好解决的普通农民中间，我开始认识了祖国农村的广袤大地，开始熟悉了“日出而作，日落而息”的农民。多少年以后，我才意识到这一段生活给我留下了深深的烙印。如今不论遇到什么风波，遇到什么想不开或是不悦的事，我首先想到的是乡间的农民们，和他们比比，人在物质生活上会感到知足；想想他们，很多想不通的问题自会迎刃而解……

我同样忘不了，当我的第一本书于 1977 年 2 月出版，当我的其他作品随着文艺春天的到来一本接一本与读者见面时，贵州人民和各级的党组织给了我很大的荣誉：第六届全国人大代表、全国青联常委、全国自学成才优秀青年、首届五一劳动奖章、贵州省十大优秀青年新闻人物、第七届全国人大代表……当这些荣誉接踵而至的时候，我真有些受宠若惊了。我深知自己其实并没有做过多少值得夸耀的事，我只不过写了几本书而已。

正是因为这样，我一点也不敢怠慢、松懈。牢牢抓着手中的笔，尽自己的能力创作着。这十几年里我出版了二十八本书（长篇小说十九部，中篇小说与集子九部）。所有这些书全是在贵州的土地上写出来的，评论家们对这些书评头论足，读者们给我写来两千多封热情洋溢的书信……我想，一个作家的本分，无非就是写作，勤奋地写作。正如巴尔扎克说的：今天写作，明天写作，后天也写作……天天都在勤奋中度过。记不清是哪一位伟人讲的：逆境的美德是坚韧，顺境的美德是节制。在贵州的二十一年，我想，我基本是这么做的。要走了，要离开贵州了。从申请调动，到获准并办理一切手续的这段时间里，消息传开后，一些工厂的职工和干部，一些大中学校的师生，曾给予我巨大支持的省青年联合会的朋友们，一些新的老的朋友们，邀我去他们那里走一走、看一看，到家里坐一坐，吃一顿饭。形式虽是极为简单的，但却充满人间的温情……别了，贵州的父老乡亲！别了，朋友们！

别亦难啊，别亦难！

也算写自己

我们插队的村寨上有个铁匠铺子，铁匠铺子里有两个铁匠，年长的那个当下手抡大锤，年纪略轻的那个约莫40来岁的大汉掌钎。春耕大忙季节铁匠铺子“红火得很”。四乡八寨的农民们都到铁匠铺子来打锄头、打镰刀、打犁铧，铁匠铺子一天到黑都是叮叮当当的打铁声。

我插队落户的寨子既遥远又荒寂，大白天群山环抱之中的小村寨上都是静悄悄的。平时除了鸡啼、狗吠、马嘶、雀儿鸣，很难听到更多的比流水比风啸更妙的声音。于是，有节奏的打铁声就成了我们这些来自喧嚣嘈杂的上海的男女青年们听到的最好的音乐。特别是清晨，由于农活繁重而酣睡不醒的男女知青们常常因打铁声惊醒，于是我们便互相招呼，懒汉们该起床了。贫下中农已在那里奋战，我们不能偷懒，这正是锻炼我们意志的最好机会……我插队的知青点集体户是个先进点，那份虔诚在当时完全是真诚的。由于这原因，我们对铁匠铺子自然而然地有了感情。遗憾的是没过多久那叮叮当当的打铁声不响了，害得我们一连几个上午出早工都迟到受批评。我们心里纳闷，两个铁匠都搞什么去了？

那一天是赶场，在乡间赶场天是个好日子，所有的男女劳动力都可以休息。在人民公社体制下，人们习惯于把男女社员称作男女劳动力，上面下来的干部开口闭口总要问，这个寨子男劳力多少女劳力多少。想想这个词真是名副其实，因为不管是男是女，只要是身体健壮的人都要出工劳动，而且干的全都是体力活，叫作劳力一点不错。

赶场天农民们都往街上跑，拿鸡拿蛋拿些农副产品，换回可怜的一点钱来买盐巴，打酱油，带回一点针头线脑。累得不行了，我就在知青点里休息，睡够了看到天气好，我便去堰塘旁边洗衣裳。这堰塘非常美，塘边栽了五棵粗壮高大的柳树，春夏天柳叶儿长丰满了，柳丝儿摇曳着，远远地站在垭口上望过来，五棵柳树恰像五朵生气勃勃的火焰。我把它写进过小说，这会儿提到它忍不住又要多写几句。

我在柳荫下洗完衣裳站起来，看到寨路上一个人用高挑担着石灰走过来了。走近了一看，不是别人，正是掌钎的大铁匠。他姓冯，和我们集体户的小冯是同姓，因此照当地规矩认了兄弟。这个冯大哥可比我们的小冯能干，他已经有了从大到小七个娃娃，最大的 17 岁，是个胸脯隆起的大姑娘，即将出嫁了。最小的那个还背在冯大嫂肩上吃奶哩。这位冯大嫂恰恰又姓叶，于是她又同我的妹妹认了姐妹。冯铁匠一家不但是贫下中农，用好听的打铁声丰富了我们的生活，还和我们知识青年沾亲带故。见冯铁匠挑石灰走来，我拿着洗净的衣裳迎上去，打过招呼我便开门见山地问：

“连续好几天你怎么不打铁了？”

冯铁匠把扁担换了个肩转脸望着我，他的脸色如同大病初愈，把我吓一跳。他定睛望着我，那双眼透出的两股青魆魆的光让我一辈子无法忘记。咽了一口唾沫，他用虚弱得低而轻微的嗓音说：

“我打不动铁了。我已经连续吃了十一天洋芋了。”

“那你还挑担？”

“不干咋个办呢？挑石灰比打铁轻松多了。”

晾完衣裳，我把我和妹妹两个人分到的 10 斤苞谷装进簸箕，双手抬着送到铁匠家去。走到半路，正看到他双手捧着十几个烤熟的洋芋问一户家境略好的农民要苦丁茶喝。看到我，他不好意思地说，连天吃洋芋实在难下咽，要罐苦丁茶来喝着好吞一些。苦丁茶在我们偏远的乡场上当时只卖一角钱一斤。他见我愕然的脸色又苦涩地一笑说：所有的钱都拿来买粮食吃了。

我把苞谷拿到他家，连簸箕一起放下转身就走。铁匠家从大到小七个娃娃挨门板站着，饥饿的眼睛全朝我脸上扫来，我忍受不了这些目光。

那以后连续几天我情绪都忧郁寡欢，像在患病。我只有十几岁，从上海来到乡间还没一年，稚嫩的心灵尚未经过这么沉的重压。

我老在扪心自问：这是怎么啦？这是怎么回事儿？

农村是什么？农村对我来说就是河网密布，就是鸟语花香，就是高压电线一直伸展到遥远的地平线那边，就是广袤的土地上一片生机盎然的庄稼，白的是棉桃，沉甸甸的是谷穗。我自小在画报上看到的农村是这样的，我在电影里杂志上看到的农村也是这样的。我真正地相信社会主义祖国的农村欣欣向荣，蒸蒸日上，相信“社会主义到处都在胜利地前进”，农村也不例外……可这会儿，我不知所措，我茫然若失，我心情沉重。

过了很久很久，我也曾经历了饥饿，经历了艰辛的岁月，我才明白我是从这件小事开始真正了解农村，了解我的祖国，了解了生活在 960 万平方公里土地上日出而作，日落而息的农民。

那是插队落户的第四年，经过了又一次“大丰收”，我作为农村的一名强劳力分到了 90 斤湿谷子和 140 多斤苞谷，几斤油菜籽外加十来斤黄豆。这便是我一年的口粮，要吃 365 天。我利用自己的知识精确地作了计算，发现这些粮食刚够我吃半年。另外半年吃什么，我不知道，但我也不很担心，因为我是知识青年，我可以到公社去要救济，救济不够我还可以写信去上海让家里让亲戚朋友寄粮票来接济，实在不行我还有两条腿坐上火车可以回上海。但是，我忍不住又要想那么多农民怎么办，他们拖家带口，长年累月生活在这块土地上，他们没人寄粮票，也无法跑回上海，他们唯一的指望便是那年年如期派下来的救济粮、回销粮。

那有吃的半年对我来说过得也很艰难。我必须细心地掌握每天吃去多少粮食，煮饭时用秤称一下。大米当然好吃，但 90 斤湿谷子如果天天吃只能连续吃一个半月。我只得吃一天米饭，然后连吃两三天苞谷。我不会煮苞谷饭，只得把苞谷磨成粉，每天调糊糊吃。苞谷糊糊吃起来又香又有点微甜，那滋味儿特别好，因为吃它时我都饿得很厉害了。可这玩意儿毕竟是稀的，不像米饭那么顶事，常常饭后两三小时就饿了。闲下来我忍不住总要同农民们发几句牢骚，农民说这算啥，饿饭年头你还没遇到。农民们讲习惯了，他们说的饿饭年头就是我们时常提到的三年困难时期，在那个时期饿得才叫“恼火”。“恼火”是一句西南土话，形容事情很厉害。大概是为了安慰我，让我对眼下的日子满足，他们给我讲了很多悲惨的可怕的饿饭年头的事。我只举一个例子，他们说那年头公路两旁所有的树干都是白生生的，树皮被饥火焚烧的人们剥光了。这些树来年都死了倒掉了，它们经过一冬寒风的劲吹劲刮，终于枯萎了，它们完成了历史使命。农民们真会做思想工作，听了他们大量的叙述，我确实感到了庆幸，感到了满足。我庆幸三年困难时期生活在上海。三年困难时期留给我的唯一印象便是每到月末的 24 日、25 日便有大堆大堆的居民围在粮店周围找营业员吵，找经理吵，要求买下个月的定量粮。而营业员和经理常常“舌战群儒”并陷入重围，因为按规定下一个月的粮食最早只能在月末的 26 日开始卖。于是乎每月的 26 日清晨粮店门前必然排着长队，而后要持续三五天。那时我确实太小，其他什么都记不住了。但我知道排队虽然不舒服，但总比剥树皮充饥强了几万倍。于是乎我的人生哲学便由此产生了，那就是：要知足。

因为知足，我在那遥远的村寨上插队落户整整十年又七个月，一天不多一天不少（1969.3.31—1979.10.31）；因为知足，我在那里写出了好几本书稿，后来一本一本出版了；因为知足，我领上这一辈子头一份工资时欣喜若狂，一家伙便用了个精光，那是 28 元整，我是 30 岁那年领的；因为知足，1982 年刚刚搬进省城贵阳时，我栖身一间八九平方米的小屋内照样读书写字；因为知足，后来我总算有了两间半高楼层的房子，但那里时常十天半月地停水，日子还在往下过，我的书也还在出版；因为知足，我逐渐地变得很超脱，自然生活得也很自在……哦，仅仅是知足吗？似乎也不是。

离我插队的寨子三里地有个水库，赶场天或是连续阴雨天闲得乏味我们会去水库大坝上玩，看看山连水、水连天的景致。农民们给这水库起了个名字叫“烂提篮水库”。有句话叫“竹篮子打水一场空”，竹篮子烂了哪还能蓄什么水？农民们也爱夸张，其实这水库是漏的，但还能蓄上一半的水。我这人爱刨根问底，问：漏了为什么不堵？当年设计的时候为什么不把地址选好？明知喀斯特地形下面复杂，时常有溶洞暗流，为什么不细致勘察？农民们不知道为什么，当年没人问为什么，只晓得上级喊怎么干就怎么干。往深处一问才知道这水库是“大跃进”年头修的，红旗飘扬、口号阵阵、生龙活虎、热火朝天，况且这水库修好了周围的村寨都受益，况且到水库上来干活的农民们可以敞开肚皮吃粮不限量，况且山坳坳里挖个凹塘多少总能蓄一点水。水库修好了才知不能达到设计要求，水蓄到一定的高度就渗进阴河里流走了。尽管如此，农民们仍怀念地说，你当初不在，当年那个干劲是没有话说。我是知道一点农民们的干劲的。我和他们一齐修过两年湘黔铁路：下着瓢泼大雨，青壮年民工们光着膀子，穿着短裤，排着四人一行的队伍，大声吼着“下定决心，不怕牺牲……”集队去土石方工地，雨下一整天干一整天，雨连续下几天干几天。天天集合出发时那“下定决心”的吼声都喧天震地，气势壮观。我虽是其中的一分子，但对这么盲目地修水库还是摇头。

农民们见我摇头自然不高兴，他们说我还是娃娃，什么都不懂。他们说反正我们得干活，今天干明天干后天也干，有饭吃的时候干，饿饭以后活下来的人还得干。我实在听不懂，只好不以为然地苦笑一下。

后来遇到了大旱，在我插队的十年中遇到了两次大旱，其中一次还是六十年不见的大旱。寨子上 80 来岁的老汉告诉我，六十年前的那次大旱几乎把周围寨上的人都旱死了。可我和农民们一齐经历的这次几乎没受啥损失，那个“烂提篮水库”下游的四个大队全都没受啥损失，因为这四个大队恰恰是那点库容的受益者。

过去了十多年，我来到贵州省最好的农业县份湄潭，这里出世界评酒中得过奖的“湄窖”，这里的茶叶、烤烟、油菜在省内都是出了名的。我沿着静静的湄江溯流而上，一直找到它的源头杨家坪水库。这地方现在不仅蓄水，还有船供人游览，成了一处名胜。我沿着水库大坝慢慢地走，终于在一个已显冷落的角落里找到一大块石碑，石碑上记载着修建杨家坪水库的历史过程。那造福于后人的如今驰名世界的“湄窖”酒都取用杨家坪水库的水。水库同样始建于“大跃进”年头，石碑上详细记载着那几年里为修此水库死去的人。我站在那里，发现那前后几年都死人，有的年头死得还不少，但下面决无气馁颓丧的字句，农民们照样修，继续修，终于把这水库建成了。

读着这块石碑，我突然之间懂得了当年村寨上农民们和我争论时所说的话。他们要表示的意思就是石碑上写下的字句。这石碑记下的是历史，但这历史体现着一种精神，农民们要说的，正是体现他们的意志和精神的话，而这意志和精神岂止体现在农民们身上，它恰恰正是我们这个民族充满活力和永远昌盛的源泉。

这下子我大概可以把自己的人生哲学讲清楚了，那就是：不时地知足，不断地进取。

知足能使人平心静气，知足能让人豁达超脱，知足又是在精神领域勇于进取的基础。整天怪话连篇、牢骚满腹、浮躁骚动，当然是一种宣泄，但绝不是创造，更难激发起进取之心。

因为知足和进取，我从不和任何人计较职位的高低，从不和任何人比较条件的优劣。在乡间泥墙开裂的茅草屋里，我写作；如今在冬日的阳光下有一张写字台，我仍写作。

因为知足和进取，我的家庭总是充满和睦和欢乐，在高楼层没水的日子里我们互谅互助，现在住的房子里有水了，我们更多了一份安定。连我不足 10 岁的娃娃也生活得豁达而自在，他早懂得了严于律己、与人为善的信条。

自然，生活中不可能永远是温暖和笑声，正如同诗里写到的："什么都会有的啊，有泥泞，也有风雪！……"但是有着知足的情绪，有着不懈的进取心，在泥泞和风雪中我们照样可以跋涉过来。

人生是不易的。我即将迈入 40 岁门槛的整个经历，都说明了这一点。它不易在为人处世，不易在给这个我们共同生活的世界创造一些什么，不易在命运有时突然地会把人推上浪尖掀下深谷。正因为不易，我才觉得更需要知足与进取。

人都说写自己是很难的，要么自谦过分以示清高，要么自满过头感觉良好。如我这样鼓吹知足和进取大约也不会受人欢迎，好在此文约定只是写自己，于是我便可以讲实话。

我自小生活在上海，19 岁之前从未离开过大城市，我和我的很多同时代伙伴们一样，总认为生活在上海有种优越感，总认为住在这座大城市里见的世面大、经历得多、读的书也多。到了乡间农村，我才明白我们这种优越感是多么幼稚，多么苍白。其实我们什么都不懂，我们考虑问题只会以上海市中心的人民广场为圆心，以上海的马路为半径去思索，我们只看到窄窄的长长短短的马路上面那片天。后来在山乡里住久了，我才略微知道了一点什么是中国，什么是中国的农民。遇到不顺心的事情时，我不是马上发脾气火冒三丈，我总是想一想农村里度过的日子，想一想尚在不那么发达不那么富裕的村寨上生活的农民们。这是一剂良方，确实有点儿作用。亲爱的朋友，不信的话，你试一试。

我的稿子是从冯铁匠一家子写起的，在结束这篇稿子时，我还愿意提到他，让人感觉有头有尾。冯铁匠现在老了，他们老两口 60 多了，真正地打不动铁了，不过他的儿子现在接上了班。他一共生下八个娃娃（我插队时又添一口），除了女娃娃出了嫁，两个大一点的儿子都在打铁，一个在寨子上打铁，另一个的铁匠铺子设在公路边。两人的生意兴隆，由于有祖传的手艺，来找他们的农民确实多。我不想夸大其词，到贵阳来找我的农民亲口对我讲，现今他们的日子过得“很红火”。我猜那意思大约是有口饱饭吃了，有零用钱花了。农民说：“对，就是这意思！”

遥 念 山 乡

我曾生活了十四年之久的那一片乡土，以瑰丽多彩的风光闻名，那是“黔之腹，滇之喉”的安顺修文，古时候叫龙场驿。多年以前，当我在自己的小说中写到它的偏远闭塞、它的贫穷落后时，我也如实地写到了它的山水风光，它那古朴淳厚的乡风民俗。

两年前的今日，我离开了贵州回归故乡上海。两年中在忙忙碌碌、琐琐碎碎的生活中，时常会情不自禁地回想和牵挂山乡里的一切。有朋自远方来，不亦乐乎地要对乡间的事问个够；得到一张那里的报纸，大大小小的消息也要看个够。不是眼馋那些醉人的湖光山色，不是为如今开发得更为便利、舒适的旅游胜地入迷，不是一欲故地重游，陶醉于美不胜收的风景之中。想得最多的，恰恰就是荒蛮山野里的安宁，偏远寨子上的静谧。还有那里的风，那里的雨，以及伴随自然界的风雨栖息在那块土地上的人们。

说来难让人信，真正地开始懂得一点观察，真正地开始悟到一点创作的真谛，恰恰就是在那山也十分遥远、水也十分遥远、弯弯拐拐的山路更是十分遥远的村寨上。曾与几位初学写作的年轻人说，我琢磨出一点小说的道道，是在看风、听雨的日子里品咂出来的。瞅着年轻小伙和姑娘诧异不解、认定我是在故弄玄虚的眼神，我只得如实道来：那年头清贫的生活逼得你只有以繁重的劳作去打发光阴，穷得一文不名且又不可能通过自己的努力马上改变那种状况，人便变得一无所欲，一无所惑。闲暇下来，生命需要延续，日子需要打发，于是乎一点小动静也会引起我的浓烈兴趣。茅草屋外头的竹林里声音嘈杂得像有野兔乱窜、竹鸡拍翅，赶紧凑近窗前去看，却是啥也不见，而是豆大的雨点砸下来了。山野里一片窸窸窣窣的声音，细密而又轻柔，别以为是什么轻风拂过麦田，那其实是绵长的雨在下。冬日里山乡中称作凌毛毛的霏霏细雨，飘洒起来是一点儿声息也没有的，那雨丝细小得你出门时都不想带伞，但只要走上三五里路，那细雨准把你的衣裳沉甸甸地浸透。就是这让人编进歌里唱的毛毛雨，我也是听得出来的。当然不是听它如何飘洒，而只消听听屋檐下的动静就行了。细雨飘洒得久，时不时隔开一点时间，屋檐下就会眼泪似的滴下一颗雨珠，清晰地滴落在青岗石阶沿上。翻书翻乏了，山野里又没更多的东西可看，看够了山，看够了雾岚，仰起脸来，看得最多的，竟然是偌大无边的天。天上云跑得快，风必然刮得凶。从峡口那里吹来的风，我往往一眼看得出，瞧啊，坡上的丝茅草全朝着一面倾斜颤动。山巅上的云层在往下压过来，风声里带着雨，那云层下就像拖着扫把。风劲吹时，雨斜斜地落下来；风小了，雨丝会像蚊蝇般飞舞；风挟着雷雨时，往往从山峦那边先亮起来，遂而拖带着阴云，自远而近排山倒海地横扫过来。风轻柔温存时，蝶儿在飞，蜻蜓在翔，花瓣儿也得意，还有阳光……由风雨雾岚而山岭峡谷，由自然界而栖息在这块土地上的人们，男女老少，形形色色。我记不清自己在乡居的插队生涯里潜心入神地写下了多少与气象有关的日记，记不清自己那本像户口簿一般给山寨上每户农家编号的本子是怎样密密麻麻地写满了的。

怪得很，听雨、看风使我的山乡生活充满了情趣和色彩，住久了感觉麻木的山寨、田野、树林、河川和莽莽苍苍、千姿百态的群山，也变得亲切起来。

逢到赶场天，年轻调皮的小伙长声吆吆地唱：山路弯弯细又长，七天七天赶一场。不买油盐不买米，赶场只为看姑娘。哦，这歌声里蕴含着多少乡情，多少诙谐和俏皮，它由远而近地传来，在嘹亮清纯的和声里，伴着山谷的回音，唷哎——唷哎——又由近而远地传入群山，久久不散。仿佛非得让人感觉那回肠荡气的滋味，仿佛非得让人随着这歌声心魂摇荡。

回到了上海，这一切的一切自然都已远去。唯正因离得遥远，思念得也就格外真切。不过我毕竟在那块土地上实实在在地生活了二十一年，在遥念山乡的思绪泛滥得最为猛烈时，我也还是记得，我居住的茅草屋是滴漏的，一大张厚实的塑料布一年四季总是遮在帐子顶上，睡觉时倾听漏雨的小鼓点。雨季里泥泞的道路上布满了深深浅浅的蹄印，非得赤脚走过去，才会觉得合适。雨只要一下得大或久，井水、堰塘水必然是浑浊的。那倒不怕，挑回来沉淀半天，总还能吃；怕的是天干的旱年，堰塘里的水发了臭，而深沉的井眼里，一点水也不往上冒，那日子才叫人发慌哩！至于吃，至于其他生活条件，那就更不消言。

有人要说了，既如此，那你又何必这么思念？说实在的，我自己也在经常地扪心自问，且得不到一个能够自圆其说的答案。

若要勉强回答，那倒也不难。古代文人中就有例子，四百多年前的 1508 年，被贬谪居住在龙场驿的王阳明，心情抑郁时，形容贵州修文的山是“连峰际天兮，飞鸟不通。游子怀乡兮，莫知西东”。而他高兴时就写道：“天下之山，聚于云贵；云贵之秀，萃于斯岩。”

另有一种解释，不知能否说通。

去年有一天，记得是6月4日，苏联《文学报》的第一副总编来作协访问，他说在他的国家里，有二十几位作家享受的是一般人根本得不到的待遇，他们有别墅，可以随心所欲地到世界任何一个国家访问……他举例谈到的名字中，第一个就是我们多半都熟悉的艾特玛托夫，还有一位是拉斯普京。在他介绍完以后，我的思绪就甩了开去。我注意到他提到的这几位作家，几乎都是描绘俄国乡村的高手，在他们笔下，表现得最生动最感人的，往往是偏僻乡村里的那些故事。他们自己有别墅，住房条件想必比中国作家好一点。那他们又为何要纠缠不休地描写泥泞的道路，用原始方式割草的农民，担水过日子的农妇，眷恋故土对开发建设有抵触情绪的老农，安卡拉河上善良的勤扒苦挣的少妇，森林里几乎未曾接触现代文明的孩子呢？莫非他们的创作思绪中也有着对乡土的眷恋和遥念吗？广而言之，在那些偏远荒蛮的山乡，在保存着无法避免的落后、原始、古老的生活习俗的同时，不也同样保存着朴素、稚拙因而令人感到奇特新鲜的东西吗？这些东西不容置疑地显示出一种日见消逝的朴野、天真之美，透露着人类某种返璞归真的意向，某种回归自然的美学意趣。

这样地阐述自己似乎自相矛盾的思乡情结，解释自己沉浸于山乡回忆的遥念，不知是否能说得过去？不知是否能获得读者们的理解？便写下这篇短文，求教于高明者。

我所认识的蹇老

1984年盛夏，骄阳如火，山城贵阳的气温陡然升高。就在这样的日子里，黔西南州文化局召开文艺座谈会，特来省城邀请了蹇老，也约了我。听说要与蹇老同行，我心里不免有些担心。虽然到贵州的年头不算短了，但是一提在曲折盘旋的山间公路上坐车，我仍禁不住要怯场，将长时间的旅行视为畏途。从贵阳到兴义，那是整整的362公里，在一个上海人心目中，上海到南京仅只311公里，而久居上海的市民，莫说去一次南京，就是到趟苏州、无锡，也是作为一件大事操办的。78岁高龄的蹇老，去那么远的地方，还要在悠长蜿蜒的公路上整整地颠簸一天，怎么说走就能走呢？他的身体吃得消吗？驱车往兴义去时，我才发觉自己的担心实在是多余的。蹇老出生于1906年，整整比我大了43岁，年长两代，但是在长长的路途中每次提议休息的，却是我而不是他。将近黄昏，最后一次提议在路旁水井边小憩时，我自己都感到不好意思了，要晓得，我还在车上午睡了近一个小时哩！精神却不及一位78岁的老人。

整个旅途，蹇老始终兴致勃勃，精神矍铄，清癯白皙的脸庞上挂着亲切的微笑，谈锋甚健，话题之广泛，平时在单位里是不曾有过的。一路之上，他不时指点着车窗外的山野河谷和自然景观，详尽地给我介绍着贵州这块土地上的出产、气候、风物人情以及历史上发生过的一切。从他那不急不慢，有时略带点俏皮、诙谐的话里，我真切地感觉到他对贵州山乡的依恋和深情的爱。驱车在渐为全国和世界所知的贵州西线风景区，置身于雄峻的高山、一泻千里的江河、奇异的溶洞、铺天盖地倾泻而下的黄果树瀑布和浓绿生翠的山野之中，聆听着蹇老不时引经据典的神聊，我不由得感到，这位老人是和贵州山乡的一切联系在一起的。我开始理解了，为什么蹇老的一生能留下近 200 万字的作品，为什么已越古稀之年，他仍不畏路途的遥远，为文学事业的发展添砖加瓦、操劳奔波。那都是因为他执着地爱着这块土地，爱着这块土地上生活着的勤劳的人民。

是啊，是贵州的山水土地生养哺育了蹇老这样一位老作家，是对贵州和贵州各族人民的爱，促使蹇老写作了 200 万字的好作品。“艺术的目的是使人热爱生活。”老托尔斯泰这样说，每一位对人民、对祖国和对生养哺育他的故乡有着真诚的爱的作家，都会有这样发自肺腑的感受，并为此去执着地追求，去不懈地奋斗。记得康德说过，毫无理性、毫无道德地沉溺于享乐的人，他的生活便毫无意义。生活，是不是可以这样说，就是用辛勤的劳动，用韧性的操劳和我们探索、追求的火焰，去燃烧我们自己，去激励人们前进。

蹇老没有发过这样的宣言，但他却正是用自己的言行，在默默地做着，要求着自己。

我到《山花》工作两年多来，每一期新的刊物出来，他都要拿去细细地审读，对一篇新作有什么想法和不同意见，对某个作者的小说有啥看法，乃至哪里出现了错别字，标点符号在哪儿用错了，他都会给我一一点出来。更难能可贵的是，他这么做，绝不是表示自己的高明，以此贬损什么人，他向你指出这些错误，完全用的是诚恳关切的态度，使你心悦诚服。

有同志曾对此表示不以为然，有同志不屑地认为这都是鸡毛蒜皮的小事。但是我从中却看出了蹇老的真挚和对文事的严谨。“不会做小事的人，也做不出大事来。”这话是不是伟大的罗蒙诺索夫的名言？

蹇老身为省政协副主席，省文联、省作协的主席，当然有很多大事要他关心，要他出面，要他操劳，要他参与意见。大量的书籍刊物等着他阅读，很多会议需要他参加。能在此百忙之中，对我们的刊物仍然那么关心，那么严格要求，恰好体现了他身上那些不易为人注意的可贵品质。难道不是这样吗？近年来，不知有多少人请他写序、写跋，请他给自己的作品写评介文章，请他推荐和评论，向他索诗索字，索要签名，我目睹的就不下数十次，只要有人求到他此类的事，他都欣然从命，且身体力行，说到做到，真像他经常说的那样：我要干的，就是为贵州文艺界“摇旗呐喊，鸣锣开道”。

好一个摇旗呐喊，鸣锣开道！

对一个年近八旬的老人，这是多么难能可贵的呀。人与人之间，在接触中相互熟悉，在熟悉中增加交往，在无拘无束的交往中渐为透彻地了解。

和蹇老的接触多了，熟悉了，可能是职业的习惯，我常常忍不住想，怎样用最简单的几个字来概括蹇老的性格呢？

质朴。

想来想去，虽然我一再地想要用几个更动人的字眼来形容他，但想到最终，还是觉得这两个字最符合他的为人。

记得头一次听到蹇老的名字，还是在十年动乱我当知青的时候，一个下乡来修水泵的技工告诉我，“文革”初期，他曾在贵阳看到蹇老及文艺界几个领导挨斗的情况。后来，我去上海改长篇，出版社一些老同志也曾关切地问询：你们贵州的蹇老，近些年来不知情况如何？我因与贵州文坛接触很晚，啥事儿都不甚了解，答不出个所以然来，直到 1979 年，有幸走进《山花》编辑部凌乱而又拥挤不堪的一间办公室，看到一个青年作者，坐在一位老人面前，“蹇老”“蹇老”地连声唤着，我才第一次见到他。尽管在门口我就听到了那位作者的说话声，思想上有了准备，但我走近前去见他的时候，他衣着的简朴仍使我大吃一惊。他穿一件洗得半新旧的蓝布对襟棉袄罩衫，脸上挂着温厚的笑，笑纹从镜片后面向着脸颊舒展开来，那年他的一头短发尚未全白，人更精神，看去只不过 60 多岁的模样。他留给我的第一个印象，是一个纯粹的知识分子，一个儒雅的文人，一个朴素的老人。这个印象，一直保留至今没有改变，《人民文学》编辑部一位同志专程登门拜访他时，遇见他在单位宿舍楼梯上扫地。那时他还住在文联机关后面的二层楼里，他说，多年来，扫扫地，活动活动，已成了他的一种习惯，我曾陪同人民文学出版社两位同志去过他那时的家，家中的陈设之朴实，完全重在实用，而没任何华丽的摆设。1981 年冬，我从猫跳河畔的深山沟里搭车进贵阳，赶到省作协，天已擦黑了。正好电视里在实况转播全国瞩目的女排赛事，坐下看完，已是晚饭时分，我刚准备离去，蹇老执意要我留下，他说："我是看见你进来的，你没吃饭，现在已到吃饭时候，你一定吃了饭再去找旅馆。是家常便饭，随便吃点。"

那时我和蹇老还不熟，但是有过多年知青生涯的人都是随便惯了的，见他执意相留，我便不客气地坐下端起了饭碗。这类俯拾皆是的小事，我还可以顺手拈来，写出好多，但仅举此几例，怕已足能说明蹇老为人的真诚实在、质朴厚道了。

多次闲聊时，他曾和我谈及长寿之道，我尚年轻，只能讲些长寿口诀及书上读来的关于长寿的奇闻逸事之类，他倒颇为认真地总结了这么三条。其一曰：勤于学习，勤于思索，勤于活动；其二是：生活有节奏，作息有规律；其三谓：豁达开朗，听得进各种各样的话，包括那些逆耳之言，即使听到批评谩骂你的话，也要坦然视之，不必同骂人者一般见识。在蹇老总结的长寿三要素里，尽管没有朗朗上口的韵脚，没有时髦的营养学，却充满了人生的哲理，给人以深刻的启迪。这哪里是什么修身养性的理论，这明明是一位善良宽厚的老作家的为人之道啊。

刺梨营养学专家、著名科学家罗登义老人同我讲起过当年他沿着山乡的崎岖小路长途跋涉，冒着被强盗抢、被害被杀的风险，足足步行一个多月走出贵州到北京去求学见世面的详细经历。讲着讲着，他便谈到了蹇老那些出名的小说，说他写到的那些事，都是真实的艺术再现，还说蹇老当年也是冒着风险去北京求学的。说到终了，他总结般道一句：当时那种年头，作为一个贵州青年，能写出那些小说来，实在是不容易。

而今，蹇老已是 80 高龄，但他仍保持着当年的那股锐气。

不说他经常要去交通较为便利的遵义、安顺等地讲学和开会了，就是去年严冬，大雪封山，滴水成冰，他还驱车去偏远的榕江县，指导扶持那里的文艺工作。

在日常生活的平凡小事中，往往更能看出一个人的品格。我同他在一个单位多年，从未听他嘴里有过任何粗鲁、刻薄，或是挖苦人的语言，从未听他对人有过什么飞短流长的议论（正常地议论作品除外），从未听说更未见过他伸手向组织、向单位要过什么，我觉得，对于一个80岁的老人，一位有名望的老作家，这才是更不容易的呀。

在我的印象中，蹇老不抽烟，也不善酒。任何场合，不论什么人敬酒、劝酒，他都是礼仪周到地象征性举一举杯子，稍稍抿一点儿，差不多每一次，他都是最早搁碗离桌的。在日常生活中，他是更为简朴的，提笔写这篇短文时，我刚迁居到蹇老家附近不到一个星期，可我在吃饭前后，已两次见到他从街头的小铺子里一手端碗，一手端酱醋碟子，打来一点饺子，权充一顿便饭。

80岁的老人哪！

童话大师安徒生在总结他一生的时候说道："我一生到目前为止的经历，如今像一幅浓艳、美丽的油画展现在我面前，激励着我的信仰，甚至使我坚信好事从不幸中诞生，幸福从痛苦中产生。这是一首我所写不出来的思想较为深刻的诗。"

安徒生一生度过了70年的风雨年华。我在想，80高龄的蹇老在回首往事的时候，一定也会看到自己的经历像油画、像屏幕一样展现在自己面前的吧，一定也会有许许多多闪光的思想和隽永的诗句涌现在脑际的吧。

尽快地把这些东西记录下来吧，蹇老。

是哪位同志说的：蹇老的存在本身，对贵州文坛就是一种价值。

让我们在纪念蹇老从事文学活动 60 周年，庆贺蹇老 80 高龄之际，衷心地祝愿他健康长寿，为培养一代文学新人，为贵州文学事业的兴旺发达、振兴腾飞再奔跑 10 年、20 年。

由一首绝句想起的

正是春天，为写作大型艺术纪录片《多彩的贵州》的脚本，我们一行数人驱车下乡。去春意盎然的黔南，去渐为世人所知的贵州西线风景区，去林木葱绿、碧水映出幢幢木楼的黔东南苗寨侗村，又去“人人都说花溪好，湄潭处处是花溪”的湄江两岸。一路之上，可说是饱览了秀丽壮美的山川景色。既观赏了大山的粗犷雄浑，又重温了“一场骤雨下，春水满田坝”的山野景物，更在处处见到了春燕入帘、花落庭院的村寨小景。

无论是站上山巅眺望袅袅飘散炊烟的村落，憩息在山岭腰间看着山脚下绿树掩映下的寨子，还是拿起照相机对准雾涌峰浮的天际隐约可辨的幢幢农舍，我的脑子里总会自然而然浮起一首自小熟读的古诗：“杏花一孤村，流水数间屋。夕阳不见人，牯牛麦中宿。”哦，这是一幅多么恬静的乡村风俗画啊！

记得18年前，我对贵州的农村还一无所知时，初次来到乡间，伴着夕阳回归寨子，或是在雨后的林子边散步，嘴里便会情不自禁地吟咏起这四句绝句。甚至在给上海的亲友写信时，也会信笔把这首诗写在上面，省却我对村野景物的好些啰唆描绘。只是后来在乡间住得久了，日复一日，年复一年，对村寨上的一切逐渐熟悉并有所了解，开始震惊地看到了农村的贫穷和极左路线重创之下的种种怪现象，我才不再想到这首古诗，不再把农村看作仅仅是一幅恬静淡雅的风俗画，而是把一个村寨、一个大队、一个公社，当成农村社会悉心地加以研究，并身体力行地以一个小小知青的身份在那里体验和感受。正是有了这一认识，我才慢慢地写出了后来发表和出版的一些小说作品。如若当初也像今天一样，坐一辆面包车，跑马观花地下乡逛一逛，感受恐怕最多的也就是“杏花一孤村……”罢了。

回想起来，自从 1982 年早春由偏远的山乡搬进省城，晃眼之间，竟然已有五年。五年中虽说年年仍往乡下跑，自己插队的山寨也去了两次，但那毕竟是蜻蜓点水，同当时住在乡下相比，感受和滋味是不一样的。这一次，跑的面广，每到一处，听到点人和事，总还感到十分新鲜有趣，即便如此，站在乡间的山丘和田埂上，凝目眺望坐落在山野里的村寨，仍有隔岸观景的心理。这大约便是脑子里又会浮起清人绝句的原因吧。

回到家来，整理素材、草书脚本之余，静心细想，这次跑的地方真不少，每人的素材都记了一满本。但是真正要像解剖麻雀一样，熟悉某个村寨，像熟悉我插队落户的山寨那样，讲得头头是道，却是一个也难找。发现了几个人物和一些素材，同行者中有动情的，有想写报告文学的，但都说真要写，还得再来第二回，至少住上几天。可见，这样的方式，对写作纪录片脚本可行，而要真正搞创作，写一点东西，恐怕仍得用一句老话：“滚在生活里。”

由此，我不由得感慨，一个作家，要使自己的笔下永葆青春，还得时时记着贴近生活，让丰富多彩的生活滋补我们的文思。

两种生命环

在贵州生活了二十一年之后，意外惊喜地回归故乡上海，除了感觉到气候上的差异、口味上的区别，另一强烈的感受，便是生活节奏的陡然加快。最初那半年，我甚至有些适应不过来。久违了的喧嚣，嘈杂的声浪，几近咆哮的汽车喇叭，常常把我搞得心烦意乱。公共汽车里的拥挤，上海人挤公共汽车时的机巧灵活和不择手段，困在车厢里而车子又似蜗牛似的爬行，几乎常常憋得我无奈地闭上眼睛。一天一天，上海人就这样地生活着，匆匆忙忙地赶路，匆匆忙忙地吃饭，匆匆忙忙地坐车，匆匆忙忙地打瞌睡，连操笔墨生涯的同行们，也是匆匆忙忙地写，匆匆忙忙地发，匆匆忙忙地读。回上海不到两年，出国热、装修住房热方兴未艾，紧接着而来的投资热、房地产热、股票热又掀起来……有人颇为认真地告诉我，这就是现代生活的快节奏、高速度，你必须适应。于是乎我也不知不觉地卷入这快节奏的旋涡中，把一天一天地计算时间的方式，改成一小时一小时地计算时间，让生命的环，旋转得更为迅速一些。

但是，我毕竟在山乡里生活了那么多年，了解另一种生命环的转动。闲暇下来，抱一本书，并不想匆匆忙忙地读，于是眺望晴空，情不自禁地忆及乡居岁月里的种种情景。

贵州那大山褶皱里的村寨，即使是在农忙时节，也是安寂而清静的。而一旦进入农闲，你才会真正地感觉到那份安适闲静。

栖息在荒寂乡间的农民们，起得都较晚。鸡鸣过后，往往还会贪睡一阵。若是拂晓时分有雨，雾气笼着山头，那早晨的这一觉必然还要睡得久长一些。

一家子中起得最早的，往往是主妇。趁着男人和娃崽还在酣睡，农妇便用豆荚秆或葵花秆引燃灶膛里的火，煨热水盥洗，同时在小灶上的甑子里蒸上一家人一天吃的饭，在大锅里用猛火煮猪潲。

饿得不耐烦的肥猪、猪崽把圈槽板拱得咚咚响时，一家子人也随着灶房里飘散出的饭香先后醒来了。于是家家户户都有了一些大同小异的响动，朝门打开了，喂养的鸡鸭和完成了一夜值更任务的狗窜出门，四散跑开去。寨邻乡亲们打了照面，互相懒懒地搭问几句，多半说的也是昨夜的雨水大小，板田里是否有了点花花水儿，或是做了个稀罕的梦，梦见了啥。

吃过早饭，时间总是在上午的 10 点来钟。一家的活动也便正式开始了，农妇们涮洗完碗筷，去园子或自留地里淋粪薅土。一家之主的男人们，则是拿着镰刀、扦担上坡去，割草回来垫圈。至于细娃嫩崽们，背上背篼，骑上牛背，尖脆着嗓门呼喊要好的伙伴上坡去放牛。

大约在午后的两三点钟，放牧打猪草的娃儿们把牛马拴在地桩上回家来了，上坡去的男人们挑着满满两大捆草也回来了，娃崽性子急的，催着要吃饭。而男子汉则往往端条板凳，坐在堂屋前咂一杆叶子烟，随着那蓝色的烟雾飘起来，男人眯缝起眼睛，似在眺望着远山近岭沉吟，又仿佛在出神地思忖，其实他啥都没想，只是坐在那里休息，山乡里的话叫“歇气”。那是他最好的享受之一。

时近黄昏，太阳落坡了。汉子们在寨旁的河沟边洗净手脚，担起水桶去把家里的石缸挑满。水井边是个热闹的地方，挑水的，洗净菜果的，吃早晚饭的，全聚拢来，说说笑笑，打情骂俏，用以消除一天来的愁闷和疲劳。

晚饭后，有两件事是必须做的，一是铡马料，一是斩猪草。边干着活，边有一句没一句地闲扯着。若是在冬夜，一家子就会聚在火塘边，天南海北地摆龙门阵，讲盘古开天地的事，讲民间的传说，讲城市里人如何了得……

一家子人中，睡得最早的往往是嬉耍了一天的娃娃，其次便是妇女。到夜深人静时，一大家子人也就全入睡了。有电灯的地方省电，没电灯的地方省油。

于是乎一整个寨子沉寂下来，笼罩在黑黝黝的山脚下，笼罩在不知不觉从峡谷、山林里弥漫出来的雾气里。时而这里一点，那里一点，农舍里会闪出点儿光亮，那必然是勤俭的妇女在赶夜工，可能是在纺线，可能是钟情的姑娘在给意中人绣鞋垫，可能是聚起了一帮汉子在打牌，通宵地耍……

日子就这样一天一天地打发过去，不同的只是节令气候，不同的只是农事的更迭重复。今天和昨天一样，明天必然和今天一样，只要老天爷帮忙，只要风调雨顺，这一份人世间的日子，就会如此地悠闲逍遥，如此地辛劳不尽，如此地悠长缓慢。

山寨和外界多少是有一点联系的。其一是赶场。城市工厂把卡车开来乡场，把鸡蛋全搜罗了去，于是鸡蛋价格上涨一点儿；街头的百货店运来了花色鲜艳的布料，四乡八寨的姑娘少妇全争着去扯，于是晓得花布的式样又多了一种。其二便是寨子上多少出去几个打工的小伙子，他们出去抬石头、砌堡坎、修房子、挖土方，赚回一点力气钱，同时也带回一点外面世界里的信息。其三是有幸参军或考上大学又回来度假探亲的凤毛麟角般的人物，讲着更远的山外头的新鲜事物，很多与山乡里不同的风习，很多村寨上人闻所未闻的情形，惹得那些闲来无事又好奇的小伙子姑娘们一阵阵感慨、羡慕和叹息……

但是，正如在电影里看到演员们吃宴席而他们吃不到一般，这一些由外界带进来的信息，对山乡人们的冲击是不大的。听过之后，他们照样回去睡自己的觉，照样按山寨规矩打发自家的日子。

一天又一天，一月又一月，一年又一年，周而复始。

命运使得我在前后两种截然不同的生活形态里浸染过，我情不自禁地常常要将这两种生活的世态拿来对比，发出一些自觉深沉别人却觉得莫名其妙的感慨。

那激荡的波涛何时拍击到我曾生活过的偏远的山乡呢？而那同大自然一样自若坦然、充满绿色浓荫的生活，又在何时回归到城市的喧嚣嘈杂中来呢？它们交汇融合得起来吗？

莫非我们的生命环，必然要在这两者之间摇摆吗？读者诸君，你说呢？

辣椒与我及其他

本来想的题目是“我与食品”，斟酌一番，觉得这题目实在太大了些，所以改成现在这样子。细细想来，即使改了题目，这类文章还是不好做。原因是极简单的，因为在此之前，有过很多介绍美味佳肴的文章，有过许多详细介绍烹饪的节目。电视台开辟的《学烧中国菜》专栏，已深入千家万户，成为家庭主妇们互相传经送宝的热门话题。名目繁多的中国菜肴的雅名，什么“雪映红梅”（银耳菜心），什么“凤入竹林”（竹笋鸡丝），什么“玉树金钱”（冬菇菜心），什么“花好月圆”（虾仁鸽蛋）更是令人目不暇接。随着生活水平的提高，不少带有异国情调的风味菜肴与点心，也正在逐渐走进中国人的家庭。平日偕两三同学好友，团聚日至爱亲朋兴致所至，会不约而同地步入品味高雅的餐厅饭馆，去一尝带有特色的各式菜肴。闲暇时交谈一番品尝丰盛筵席的体会，再不会让人扣一顶帽子遭来非议了。于是乎众多的杂志上，谈吃谈食品的文章也多了起来，诸如去什么湖畔食鱼，到某一名胜之地吃到带点稀奇的野味，或是在哪个风景地尝到了一道名点心。至于怎么吃得更有营养，如何吃得更舒服，吃的时候有什么讲究的短文，在报章杂志上也是屡见不鲜。众多与吃与食品有关的文章，真可谓在这一领域已发挥得淋漓尽致，面面俱到。

而我既非营养专家，更非令人羡慕的美食家，我这辈子度过的好些日子，时常还在为填饱肚皮、为解决温饱在挣扎，于是自然而然便想到了辣椒。

记得我初到贵州，欢迎我们去插队落户的乡间农民们，摆出一桌丰盛的菜肴招待我们。我一眼注意到桌子上有只耳朵连在一起的瓷罐，釉光闪烁，造型别致。这是我在上海的餐桌上不曾见过的东西。于是询问为何物，答曰：盐辣罐。亦即一边盛着盐巴，一边放着烤干舂碎的辣椒（当地人称煳辣角）。当一大锅热气腾腾的清水煮白菜端上来的时候，农民们便热情地将一些葱花和辣椒、盐巴拌和着菜汤水搅匀，然后客套地让我们夹着清水白菜（当地唤作菜）蘸来吃。盛情难却，我们便夹起菜学着尝一点。哪料菜一入口，就辣得我们咳的咳，喊的喊，吐的吐，半天回不过神来，有的上海姑娘连眼泪都给辣出来了，当即逗得农民们一阵畅怀大笑。而看着农民们吃那菜蘸辣椒水，菜皮皮上还沾着一颗颗尖头辣椒的籽儿，我们更是目瞪口呆，不无担忧地暗忖，以后的时日里如何同吃得这么辣的老乡们打交道？谁料想，没过几个月，我们一些知青，已经习惯地在煮菜炒菜时放上一点辣椒了。而两三年后，一些上海知青，吃起豆花蘸油辣椒、泥鳅辣椒（新摘下不去籽的辣椒放微量的盐水煮熟后形如泥鳅）来的水平，比一些当地农民还要高。连我自己，对辣椒很不适应的，竟也能吃一些颇有特色的辣味菜了，甚至在下面条、煮火锅、吃豆花时，不放那么点辣椒，吃来还不过瘾。

这是何原因呢？

简单的答复自然是入乡随俗，口味变了。往深处询问，那么为何在短短几个月甚或两三年的时间里，人的口味就会变得这么快呢？

这就不得不提到气候与地域了。

提起贵州，人们就会自然而然说起“天无三日晴”的民谣。这话虽然有些夸张，但是贵州山区的多雾多雨，却是实情。绵雨期长，山野河谷里雾岚浓重，空气中的湿度大，自然就潮湿。农作物受此影响稍不留神便易变质发霉，人体其实也是同一道理，在乡间潮润的空气中待久了，端起饭碗就想吃点有刺激的食物，到了深秋初冬季节，寒露降临，不但想多吃点辣椒，甚至想喝几口醇厚绵甜的白酒。故而贵州人的食品中不但少不了辣椒，酒文化也是相当发达。流经黔北高原的赤水河岸上，星星点点布满了驰名中外的酒厂，以至赤水河被称作一条“淌酒的河”，不是没有缘故的。

我的孩子是在贵州山乡出生并在那里长大的，在他每天的菜肴中绝对不能少了辣椒。童年时代带他回上海探亲，去北京、天津游玩时，也曾带他去品尝过一些名点名肴，本意是想让他开开眼界、尝个鲜、过点瘾，却不料无论是什么好吃的菜肴点心，他都吃来寡然无味，大摇其头说不好吃，并且多次宣称，世界上最好吃的东西就是辣椒。为此，我们一家人调归上海的时候，特意为他备下了五六斤辣椒，包括前面提到的油辣椒、煳辣角、辣椒酱、酸辣椒多个品种，心头还在担心，这些辣椒一旦吃完，不知通过什么途径可以得到补充。因为上海的各种辣椒、辣糊、辣酱实在是不能同山乡的辣椒可比，拿孩子的话来说就是“上海辣椒没香味”。哪晓得，初回上海吃什么都嫌没味的孩子，在上海住过了几个月，已经不馋辣椒了。最近一次家中包馄饨，照以往惯例给他舀上了一小勺辣椒，他竟“哇啦哇啦”喊起辣，并且申明，吃馄饨不要放辣椒，因吃起来没鲜味还辣得喉咙痛。我们原先的担心因此也就不翼而飞了。看看带回的五六斤辣椒，还没吃去一瓶呢！

至于我和妻子，在贵州时多少也都每天吃点辣椒的，回到上海之后，竟已毫无吃辣椒的欲望。

贵州人食辣，上海人不吃辣，看来仍同地域气候的差别有关。另一件事大约也可以说明点问题。1983年，我赴京参加六届全国人代会，开饭时代表驻地有零卖酒供应，让有酒瘾的同志自己掏腰包买来喝。那年头的茅台酒在市场上非常少见，来自贵州的几位年龄稍长的工作人员见柜台上有茅台，兴高采烈地争相你二两我三两地买来聚在一张桌上畅饮。当天晚上，这几位同志都流了鼻血，第二天早餐时，他们连连摇头说：“喝不得，喝不得。北京天气干燥，这几天又晴朗，气温高，一喝白酒就糟了。”尽管在贵州时，即便是酷暑时节喝茅台酒都不碍事的。

贵州还有一道土菜叫“折耳根”，其实就是鱼腥草。中药堂里历来是把它当作药的，但在贵州，却是一道名副其实的家常菜。从田埂、土坎、沟渠的泥巴里挖来洗净，和葱、姜、蒜、芫荽、白糖、香醋、辣椒拌和，食来辛辣苦涩中透出股惬意的清香，别有一番风味，确是一道独特的土菜，以至自然生长的“折耳根”供不应求，现在已经人工大量培植供应市场。土生土长的贵州人远离家乡后时常怀念这道菜。一些亲戚朋友不远千里百里送到北京、天津、上海，奇怪的是，这些身处异地的贵州人，食了这道菜却又纷纷说味道不如在贵州吃起来香。

我想，其实这也是食品因地域气候条件而异的缘故吧。各种名目繁多的食品之产生，是同气候地域有着密切关系的，而食品也因地域气候的不同大有差异。

人类的口味也是如此。

把这一点肤浅的体会谈出来，我想大概不会是无益的吧。

再看黔南玉水不夜天

23年前的冬腊月间，记得正是1983年的12月份，我到贵州黔南布依族苗族自治州的农村了解少数民族的生活情况，看看他们在冬闲时节，究竟如何打发光阴，消磨时间，是像以往那样，烤火、打牌、喝酒、摆龙门阵，还是在兴修水利，搞农田基本建设，谋划来年的生产和发展。黔南地区有十二个县，我一个县一个县地沿着这块古夜郎国的属地走过来。进入平塘县的牙舟区，气温骤降，来到一个叫墨冲的小镇上，一场大雪飘然而下，把黔南的千山万谷、莽莽山峦都披上了银装。山区公路上积了厚厚的一层雪，车轮子轧过，积雪又成了冰，司机不敢走了。于是我只得在墨冲的小招待所里住下来，天气稍有好转，车子又爬行一段开到都匀。州委老书记邱耀国同志乐呵呵地说："人不留客天留客，你也难得来，就在我们这里住下吧。"

这场罕见的大雪在整个云贵高原都是难逢难遇的。天寒地冻，大雪封山，我在黔南一住就是好几天。

待在招待所里，烤着火，我根据连续多天的所见所闻，写出一篇长文：《喜看黔南生辉大地》。后来这篇文章被《贵州日报》刊用，占了整整一版，还多出一块来。随后平塘被评为全国计划生育先进县，编选了一本书，我为这本书写了一小篇序，写的是我插队落户的乡间一个农村好友生了八个娃娃的贫困家境。对于我来说，这些随感性的文字，写过便完成了使命，以后也没编进过任何集子。谁知至今为止，黔南和平塘的朋友们还记着这回事，他们给我发来了诚挚的邀请，希望我再去黔南，再到平塘走一走、看一看。

我为情所感，临行之前翻出当年的笔记，记下一个数字，截至 1983 年底，黔南农民的人均纯收入是 282.40 元。到了都匀，见到州委书记林明达，我第一句话就问："你现在这里，农民人均纯收入是多少？"他倒也记得十分清楚,爽快地答道:"1919元。"

1900 多，实在不算多。不过和 23 年前相比，增长了 6 倍多，真是不易了。

随后几天，我怀着故地重游的心情，进掌布景区，走毛南族山乡，观国家地质公园，品玉水毛尖，看山水实景剧场，游玉水金盆，充分地领略了玉水不夜天的美景和欢乐，在黔南的山山水水之中，感受着它的情韵和风姿，陶醉在绿色掩映之中的旖旎风光和浓郁风情里。于是，又有了这一篇文字。

水乡英姿

之所以用"英姿"这两个字，是我觉得黔南的水特别富有情致，特别具有灵性。上一次来，大雪覆盖了山峦，我几乎没看见黔南的银练飞瀑和活水。这一次，走进绿色黔南，除了赞叹黔南的绿色绿得丰富、绿得富有层次和色彩、绿得生机盎然，给我扑面而来的强烈印象是黔南的水风姿万千。同是流水，有源头活水般淙淙潺潺腾跃着而来的，有奇谷仙泉似的淌来的，有湍流叠雪般涌来的，有托着轻舟缓缓流过的，有撞击着礁石莽撞地冲来的，有在修竹掩映下无声地流过的，有坦坦荡荡前呼后拥扑来的，有叮咚作响轻吟低唱般跳来的，真的是情态各异、多姿多彩。平面的水是如此，立体的水更令人叫绝，有长空飞雪般的宽瀑，有劈开青山般的巨流，有清流激石，有飞珠迸玉，有翠绿群山中的白练，有斗篷山巅的天池，有波平如镜的湖面，真的是如珠玉清扬乐声，似瑞雪堆砌铺陈，仪态万方，飘然坠落。看得我这个熟悉贵州山林的人，也觉得水的精灵难以描述。

看罢，清亮的平舟河从崇山峻岭中淌来，越浅滩，穿峡谷，由北往西绕着平塘县城折向东南，形成一个三面环水、一面依山的自然景观。如若步上西山之巅，放眼望去，依山傍水的平塘县城，整个儿是未经人工雕琢的“玉水金盆”。只见一湾清流环抱着一圈绿色的护城林，护城林和平舟河之间那白色的堤岸，宛如一条银练把楼房鳞次栉比的县城圈了起来，县城又偎依着东面郁郁葱葱的龙脑坡，使得“玉水金盆”形成层次分明却又浑然一体的天然佳景。

今天的平塘人，就是以山作幕，以水作台，把这里打造出一个山水实景剧场。州委书记林明达对我说：“别处搞这样一台景，要花费一个多亿。平塘这台山水实景，只花了一百多万。你在哪天晚上看看吧。”

我期待着感受这一台别致的山水实景音乐剧。

独一无二的景观

绿色黔南的景太多，情太纯，当地的布依族老乡说，走进黔南，就是步入梦里桃源。是啊，梦里桃源有起伏跌宕的山之魂魄，有仪态万方的水之精灵，有神秘幽深的林之原始，有难描难绘的洞之百态，有如诗如梦的湖之柔媚，有千变万化的瀑之风流。一一挨着写过来，只怕要写成一本书。

于是我只能挑独一无二的景观，择优而叙。

浪马河谷，也被今天的年轻男女称为浪漫河谷，地处掌布乡的桃坡村。“掌布”两个字，掌是河水的意思，布则是布依族的简称，掌布也即“布依人生活的河谷”之意。如今的掌布乡，因为处处是景，步步见景，已被外来旅游者称之为掌布景区。

就在掌布景区浪马河谷的中段，两边的悬崖上漫溢着层层叠叠、郁郁葱葱的长藤。远远望去，这布满峡谷山岩上的长藤，恰似满坡满岭的绿色瀑布倾泻而下。陪同我进入河谷的布依族姑娘谭丽指着那些恣意垂荡的长藤说：“叶老师，猜猜这是啥子？”

“山间绿藤呗。”

“错了。这叫藤竹，远看像藤子，近看是竹子。不信，你走近一点去看。”

选一处容易攀登的石崖，走近了去一看，果然那长垂而下的藤枝上，长满了青葱的竹叶。谭丽介绍说：这藤竹，是浪马河谷中最有特色的石节性藤蔓植物，生长茂盛，似藤非藤，似草非草，似竹非竹，最难得的是，它终年都是这么一种绿色，从高高的陡崖之上垂漫下来，形成我们看到的景观。

我仰起脸来，惊叹地发现，高高低低，远远近近，整个峡谷里布满了青翠之色，宛若绿色瀑布永无止息地倾泻着。

谭丽还告诉我，这藤竹，虽说周围村寨、邻近县份也有发现，但是长得如此茂盛、如此繁密而形成景观的，唯有浪马滩这里，可说是独一无二。

真个是独一无二，我不禁找一处歇息的石头，坐了下来，尽情地欣赏这藤竹峡的景色。

由这藤竹，我不由联想到被称为“贵州春茶第一壶”的玉水毛尖，全国十大名茶之一的都匀毛尖，被人称为天下第一神石的救星岩上藏字石，还有同样长在黔南朱家山景区中的奇特珍稀植物蛇莲。插队落户时，我就听说蛇莲是疗毒止血的奇效良药，可以起到药到血止的效果。只是这蛇莲长在朱家山西北三山之间突陷而下的一个巨大的洞穴中，洞深有十多丈，洞岩壁上有一羊肠小道，直达洞底。洞底深邃幽沉，花草丰茂，林木繁盛。洞壁四周，迷宫般有几处深洞，相互贯通。奇妙的蛇莲就生长在这洞穴之中。只是凡有蛇莲之处，必有巨蟒出没，遇到有人前来采摘，巨蟒必腾身出来残害生灵。故而要采得蛇莲，就要冒生命的危险。

黔南发展旅游文化，把动人的故事和美丽的传说与几个“独一无二”联系起来，必然会让游客们兴趣大增，一饱眼福。

中国唯一毛南乡

毛南乡也是一个“独一无二”。

记得二十多年前我也到过距离平塘县城18公里的卡蒲一带，那时候，见到服饰和布依族接近的毛南族老乡，问这是哪一个少数民族，回答说这是布依，也有说是苗族的又一个小小的分支。我晓得苗族的分支多，也便把他们当作了苗族中的分支。

但是在当地，只要问起他们来，他们就会坚持道，他们不是苗族的分支，也不是布依族，而是佯僙（念“羊荒”）人的后裔。

在中国的其他任何地方，已无人称自己是佯僙人了。

1981年，国家决定对自称“佯僙人”的这三万多老百姓的族属进行科学、细致的识别。经过多年的努力，在对大量调查资料进行全面、科学、客观、深入的分析和比对、研究之后，于1990年7月，我离开贵州前一个月，尊重平塘、独山、惠水三县居住的“佯僙人”的意愿和要求，贵州省人民政府正式下文，批准认定贵州的“佯僙人”是毛南族，且决定将平塘县卡蒲乡方圆100多平方公里的地方更名为“贵州省平塘县卡蒲毛南族乡”。从那以后，贵州“佯僙人”有了正式的族称，卡蒲也成为全省唯一的毛南族乡。

追溯起来，毛南族在贵州生存已近1400多年的历史，《贵州通志》《黔记》等史书中，都将佯僙写成“佯獚”。截止到今天，全贵州省毛南族百分之九十以上居住在平塘县。而卡蒲乡绿荫葱葱的环境，居住了一万三千毛南族群众，占全乡人口的百分之九十九。

正因为毛南族是十万人以下的少小民族，2001年至今，国家已累计投入数百万元用于卡蒲乡的水、电、路、桥、学校、沼气、医院等基础设施建设。近年来，已实现村村通机车路、通电，看上了电视。大多数村寨用上了自来水。有小学十一所，一所九年制学校。

由于毛南族有自己独特的民族风情和文化，民间艺术丰富多彩，1999年，州里授予卡蒲为“猴鼓舞”艺术之乡。2005年，卡蒲还荣获了“全国民族团结进步先进模范集体”的称号。

我们走进民风淳朴的毛南族乡时，正逢毛南族风情园的开张。热情好客的毛南族乡亲以他们独特的毛南族歌舞欢迎我们，演出前，还说上一段毛南族的语言，然后又让我们观赏了一台展示毛南族奔放性格的节目，让我们度过了一段大开眼界的美好时光。

玉水不夜天

玉水不夜天山水实景音乐剧，在“玉水金盆”的平舟河畔，以山作幕，以水作台，以桥联通观众，以船作为活动道具，突出天地人和的主题，充分地展示黔南的自然风光和民族风情。在真山真水的演出背景上，灯光变幻着，毛南族、苗族、布依族、水族、瑶族的姑娘和小伙展示着他们的民族服饰，表演着他们的民族歌舞和船桥对歌。最后那一场桨声灯影中的龙舟竞渡，龙船、焰火、灯光、歌声，真正给人一股扑面而来的玉水腾龙之欢乐气息，把全场人的情绪一起调动起来，把整个平塘县城不夜天的景色充分展示了出来，真的是像诗里写的：“那些玉水不夜天的灯光，其实就是世界上最精致的画框。”

平塘不是在梦里，而是在现实中。

但是，正如州委书记林明达说的：“黔南山清水秀，风情浓郁，气候温和，物资丰富，是多民族聚居的好地方。这里可谓县县畅通，步步有景，真正是真山真水无假做，处处景观叹不息。但是，发展黔南旅游刚开始起步，我们还有很长的路要走。”

有如此清醒的认识，相信绿色黔南的旅游事业，在进一步注入文化内涵和艺术特色以后，定然会有更快的发展。

可贵的春晖行动

三十多年前的青年时代，我在贵州黔北的大山里教过几年耕读小学。那是我知青岁月里难忘的日子。

我天天和大坡脚、砂锅寨、鹿子冲等四个寨子上的娃娃们生活在一起，和他们打交道，教他们唱歌，做简化的广播操。由于课本不能及时运到山乡，只得和学生们一起摇头晃脑地念《百家姓》，以至直到今天，在每写一篇新小说时，给小说人物起名字，在我仍是轻而易举的事情。孩子们爱听故事，我常常把读过的小说中的情节精彩的部分讲给他们。讲起高尔基的苦难童年，讲起高尔基在面包作坊当小工的经历，一个女孩子最先举手，接着同学们绝大多数举起了手。我吃了一惊，他们有什么问题啊？我没读到什么不能理解的东西啊。我让那个叫刘光秀的女孩站起来，说：“你第一个举手，你说说，有什么问题？”

刘光秀站了起来，不好意思地抽了一下鼻子：“老师，面包是啥子？”

另一个叫黄和江的男孩，也是很聪明的，嫌刘光秀声音太小，放大嗓门问：“什么是面包，我们听不明白！”

什么是面包？

我一下子愣住了。面包就是面包，就是、就是用面粉发酵，然后放进烤箱……不等我比比画画、结结巴巴地解释完，娃娃们就叫了起来："原来就是粑粑！和馒头差不多。"又有人问："什么是烤箱？"

我费尽口舌，都没能说清楚什么是面包。最后，只能在冬天回上海探亲时，买了两个大面包，带回去放在讲台上，告诉娃娃们，这就是面包，你们轮流上来瞅一眼，嗅一嗅，然后一人取一片，尝一下是什么滋味。

我之所以如此不厌其烦地回忆这件小事，是因为类似这样的小事太多了。正是这些可爱的孩子，放了学回家以后，还要上坡放牛、放羊，赶着鸭子下河觅食，顺便掏回一背篼猪草。他们和自己的父母一样，一年四季吃的是粗茶淡饭、苞谷饭、洋芋饭，青黄不接的时节，还要伴食野菜。到了冬天，他们打着补丁的衣裳都十分单薄，不少娃娃光着脚板走进教室，脚背上还糊着稀泥巴，脸冻得发青……

几十年过去，近几年来我时有机会回到我的第二故乡。每次回去，我都要去教过书的小学校看一下，是的，娃儿们身上的补丁少了，他们也能吃上白米饭了。但我仍得实事求是地说，和外面日新月异、变化神速的世界比起来，山乡仍是贫穷的，他们的日子过得仍是不尽如人意的。

从这一意义上说，春晖行动就特别地对我的心思。我觉得它的意义是明确的，基本原则是正确的，服务内容是实干的，工作措施和实施步骤是切合贵州山乡实际的。

可能是时常往山乡跑，我还觉得，春晖行动在一步一步往前推进的时候，一定要注意脱贫致富过程中的示范作用。农民是讲究实际、讲究眼见为实的，只有亲眼所见、亲身经历的事，他们才会真正全身心地扑下去做。要做好示范，就要自近而远，就要把可持续发展的精神，把注重环境、防止污染的理念贯彻到春晖行动的各个环节中去。比如牛栏、马厩、猪圈的清洁，比如山川溪流的保洁，比如人与自然的和谐。

我相信，春晖行动一定会结出丰硕成果。

六 盘 水 二 题

凉 都

风雨声里到钟山，钟山盘水起雾岚。

酷暑时节半分寒，凉都会人心自安。

我不是第一次到六盘水市。20 世纪 80 年代中期，我到过一次六盘水市，但是那时候还没有钟山区，故而我即兴写下的这首诗，起名《初到钟山》。

诗虽是即兴写下的，但都是我的切身体会。车子驶出省城贵阳，一场大雨哗然而下，风大而猛，直下到中午时分。连续几天的大雨，使得黄果树瀑布呈现出一派我从未曾见过的丰盈急泻、气势磅礴之态，故而就有了诗的第一句。车驶进欣欣向荣的钟山大道，透过楼房的空隙望出去，我看到远近山巅岭腰上都浮起了贵州雨季里常有的雾纱，看到了城中穿过的河，于是心头就有了第二句。七月中旬，正是江南的盛夏，上海超过 35℃的高温，持续了十几天。人天天生活在夏季酷热的高温状态下，心头就会莫名地烦躁，在烈日下走路焦急不安，坐在屋头同样心烦意乱，站也不是，躺也不是，久待在空调房里呢，觉得空气不新鲜，走出去呢，又觉燥热难挡。而我在钟山的旅馆里住定下来，穿着短袖衬衫走出去熟悉一下周围环境，时近黄昏，竟然感觉到丝丝的寒意，只得退回客房，换上一件质地较厚的衬衣。于是脑中就冒出了第三句。看到“半分寒”三个字，有人会想到半热半凉，其实不是的，这“半分寒”只是百分之五的寒意。毕竟是盛夏时节，天放晴了，出了太阳，钟山仍然还是夏令时节。最后那一句，则是我真实的感受了，到了钟山，心安定下来，不但在晚上安安心心地记下了日记，思绪也显得分外活跃起来，写下了《初到钟山》这首诗。连晚上的睡眠，也特别地好。

由此我想，钟山人也好，六盘水市的人也好，一定得珍惜这凉都的称号，做好凉都的品牌。旅游文化的推介要抓住“凉都”的优势，饮食文化的介绍要突出“凉都”的特色，甚至旅馆的设计，旅游线路的安排，娱乐场所的建设，纪念品的档次，都要往“凉都”的品牌上靠。

凉都是有季节性的，那不要紧。离上海不远的阳澄湖大闸蟹也是有季节性的，但是阳澄湖人把大闸蟹的品牌做得全中国都晓得，做得在世界上都有知名度。他们半年养蟹，半年卖蟹（实际吃蟹的黄金季节只有两个月），他们推出螃蟹捕捞节，他们评选“螃蟹王”，他们设计蟹乡游，他们给螃蟹打上防伪标记，把小小的螃蟹文化做得风生水起，价格年年往上涨。那我们凉都的优势还要大哩，能不能搞个凉都诗会啊，能不能推出凉都大奖赛啊，能不能让忍受不了酷暑炎热的老人们来个凉都爽夏健康游啊，可以来游玩几天，也可以来住过整个盛夏，造一些价格相应、服务到位的生态型凉都旅馆、度假村、度假山庄。摄影家们可以来拍摄“我镜头中的凉都”，画家们可以来描绘凉都，作家可以来写凉都，凉都的名声大了，普普通通的老百姓都会争相拥来一睹凉都的风光，品尝凉都的特色美食，享受凉都的美好时光。

凉都的明天一定更美好。

月照乡

月照乡里月照洞，月照壁上神雕峰。

更有奇景石生树，月照河畔民族风。

心安了，又看到美不胜收的风景，嘴里喃喃自语，念叨久了，就有了这一首《月照乡》。

月照乡是好地方，好山好水好风光。只是埋藏在钟山区郊外，外界少为人所知。

如何才能逐渐为外面世界里的人都晓得月照乡的美山美水美景呢？把月照乡和凉都的品牌结合起来推介，是一个思路。六盘水钟山区，不但有宜人的气候，还有世称奇险、俊秀的山水风光。在那里不但享受了气候，还饱了眼福。

月照乡是因月照洞而有的名。找诗里写到的月照壁、月照河是没有的。当地人说那条河叫阿勒河，那片屏风般的悬崖称为独山峰林。可我记不住，回到客房里往本子上记，还得向人打听。我觉得月照乡既然已经是一个充满诗情画意的名字，那么从这里淌过的河，就该叫作月照河；生长在这里的独山峰林，就该称之为月照壁。让月照这个名称更为响亮，让月照乡里的月照河、月照壁、月照洞成为一组展开的画卷。而孔雀岩啊，石生树啊，玉顶啊，大硝洞啊，就是月照总景观中的闪光点。就因月照的山是神奇的，月照的水是神性的，那么月照的山水就应该冠上月照的美名。

随着更深层次的了解，我甚至觉得，马坝村的蜡染、刺绣，苗族姐妹那些美丽的作品，都应冠以月照的美名，“月照蜡染”“月照刺绣”，浸染了月照山水的灵气，它是独特的，具有月照风格的，因而它就是独一无二的。既然是独一无二的作品，它就和别处的刺绣、蜡染不一样，它的民族特色浓郁的设计和风格就更有收藏和纪念价值，因而它的价格就应大大地超过别处的作品。

如果顺着我的这一思路努力，我相信，月照河畔的民族风情和山水景观，一定会得到进一步的弘扬和为世人所知，月照乡的明天也一定愈加美好。

这就是我写下《月照乡》这首诗的心愿。

重访砂锅寨

砂锅寨是我插队落户的寨子。

1969 年 3 月 31 日，我和近千名上海知识青年离开了黄浦江畔，坐了三天两夜的火车，又坐了整整一天的卡车，于 4 月 4 日傍晚，走进了这个黔北高原大山褶皱里的小村寨。那天，正下着寒冽的倒春雪，冷到我们的心上去了。

1998 年 3 月 31 日，整整二十九年后的今天，我于清晨离开上海的家，坐了两个半小时的飞机，又坐了一个多小时的汽车，于当天下午 2 时，再次来到了砂锅寨。

离开砂锅寨以后，这不是我第一次回插队落户的山乡。整个 80 年代，因为在贵阳工作，北去遵义和黔北山区，只要路经这里，我都要下车来走一走，看一看，有两次还带着请老乡抽的烟，在寨上逗留了整整一天。

但是这一次，却是整整隔开了十多年，才又回到这块熟悉的土地上。

是什么促成了我的这一次第二故乡行呢？

说起来也极简单，去冬以来，不断地受到出版社编辑的催逼，约写一些关于上山下乡的稿子，关于插队落户岁月里的故事，关于知识青年的话题。春节过后，白天上班，晚上就在家里处理插队年月里的书信。其实就是我和妻子王淑君当年互相之间的通信。我们在山乡里恋爱了十年，其中七年半的时间，是在两地分居和相思中度过的。相互之间写了很多的信，这些信是我们插队生涯最真实的写照。我心里想，与其煞费苦心绞尽脑汁回忆当年的情景，不如将这些书信整理出来，比搜索枯肠重新写作要真实得多。我把这想法给热情的编辑一说，不料她倍加赞赏，还把我在贵州山水间拍的两张照片，请美术编辑设计了一个别致的封面，在首都的报纸上发表出来，冠名为《旧日的情书》寄给了我。而且，她约了十位知青作家，每人写一本回忆录，组成回忆录丛书，这些全都交了稿，出了片子，唯独我这一本，没交稿。

于是我就急了，不能因为我一个，拖了其他同行的后腿啊！天天夜里，晚饭过后到12点，我都在拆信、看信，把它们整理归类，复印后重新收藏，读着所有这些往日的书信，青春岁月里的往事，历历在目，久久地挥之不去。夜半三更，想到第二天要上班，只得放下案头作业，躺到床上去，但是却睡不着。那些个苦涩的日子里的一切即使回味一遍，也是十分辛酸的。妻子几次对我说，别整理了，退稿后再说吧，她仅偶尔读几封信，心头都沉甸甸的，这不是自寻烦恼吗？我心里说，既然开了头，心中再不好受，我也要把它们搞完。再说出版社的编辑三天两头都在打长途问进度呢。

3月下旬，我总算把第一批书信150多封整理出来了。除了雨水侵蚀部分实在难以辨别的，除了信中涉及的具体人名通通以小李、小张、小周代替，以避免不必要的麻烦的，所有的信，全部保存原貌发表。妻子同是没名的小知青，我们在书信中谈的全是自己的劳动、日常活动、文学追求和当时人对遇到的形势的看法，表露的是真实的思想感情，叙述的则是真正的知识青年的心态和情感。

没有虚伪，没有矫饰，更没有当年极为流行风头十足的豪言壮语。

交稿以后，我对介绍我参与这套丛书的作家赵丽宏说，这本书纯粹是文学的副产品。

他却说，你别小瞧了它，也许它会成为你最值得珍视的一本书。想想也是，稿子寄走了，我的心头涌起一股强烈的想要回砂锅寨去看一看的念头。我们在信中时常提及的树林、山路、草坡、水井、房屋和老乡们，今天变得怎么样了？那些我们天天去劳作的田块、坡土和桦树林、小竹林，还像原来一样吗？

这一欲望强烈得使我做不成其他的事，于是我决定了这次重访砂锅寨。

正是 3 月下旬，读过我一些散文的朋友提醒我，你当年不是 3 月 31 日走的嘛，真要走，干脆就把票订在 3 月 31 日。

从去年起就在编撰我一本摄影册《半世人生》的上海画报社，派了责任编辑陪我前往，说可以补拍几张照片。上海电视台《今日印象》节目组，也毅然决定拍一个《叶辛回“家”》的专题。

重访砂锅寨，就这么成行了。

下了飞机，在贵阳定下住处，吃了午饭，我们就直奔砂锅寨。

车出阳关，就是一条高等级公路——贵遵公路。我们插队的 20 世纪六七十年代，从贵阳坐车到我插队落户的久长，最快也得一个半小时。可我今天车子只开了 20 分钟，车窗外的山野田坝和树林就熟悉起来。这是离久长不远的扎佐林场，郁郁葱葱的苍松翠柏愈加密集了，我小说中写到的森林景致，就是这一片连坡连岭的树木。不过，附近辟出了高尔夫球场，绿茵茵的草坡连接着一片片的油菜花，在明丽的春阳下格外惹眼。

我插队时的久长公社，后来变成了久长乡，今年已更名为久长镇了。进镇街之前，要过收费站，那两个人一样高的镀金大字“久长”把我吓了一跳。这比沪宁高速的路标更醒目。车拐过十字街头，我认得原先的百货商店、供销社、邮局，依稀还能找到公社的办公室，只是二十九年前的 4 月 3 日雪夜住过一晚的那个茅棚饭店，一点踪影也没有了。

车出久长街，驶上修开公路，颠簸得就厉害起来。这条由修文县城通向开阳县城的公路，还是解放前贵州军阀周西成修的，系沙砾路面。那年头我们从寨子到久长来赶场，就得走这条路。插队落户 10 年又 7 个月，我在这条路上不知走了多少个来回：顶着烈日，下着暴雨，冰凌满地，飘飞雪花，落着绵绵细雨，老阴天……各种各样条件下，每一截要走多长时间，我都能计算出来。

车在沙砾路上行了五里地，从变电站旁边拐进了一条小石块和石子铺就的马车道。驶上这条路，小车就像船一样在海洋里摇晃，晃了 20 分钟，还没走上三里路。

车窗外是沙雁二队低洼的田坝，偌大的一块水洼地，一下大雨就淹。1973 年，大雨落了三天三夜，终于引得山洪暴发，大水冲垮了田坝墙，涌进老百姓的泥墙茅屋。在沙雁二队落户的上海知青小管，听到床头水响，拧亮电筒一看，吓得惊叫出声，随手抓起床头一条裤子跳出窗户往山上跑，刚跑出十几步，整幢泥屋就在水声中垮了。看着草顶在大水中漂浮，天空中雷声隆隆，火闪阵阵，她欲哭无声。这一情节，后来被我写进《蹉跎岁月》杜见春的遭遇里，不知引来多少知青作者写信给我，叙述他们插队时相同的境遇。可见当年多少知青都有着相同的不堪回首的经历。

我等不及车子慢吞吞摇进砂锅寨去，下了车子，步行往寨子直冲。

过了垭口，风大起来，门前坝大田里一片金黄色的油菜花儿，开得真艳，风声里夹杂着浓烈的油菜花的香气。这又是我熟悉的一派景象，胡豆熟了，麦子黄了，春耕大忙季节又将来临。我的两眼紧紧地盯着面前的小山巅上，那里的小学校怎么不见了呢？走近了去看，哦，原来坐落在山巅上的耕读小学，已经迁移下来，重新修在门前坝的大土中间。这块大土，当年不正是生产队专门拨给我们六个上海知青的自留地吗？用城市的目光看，小学校显然仍是简陋的；可用历史的眼光去看，今天的小学校比当年我教书时山巅上的教室，不知好了多少倍！

在乡亲们热情的招呼下，我和他们一起沿着小石桥走进了砂锅寨。砂锅寨变了，砖瓦房多了，泥墙茅草屋找不到了，连集体生产时进不了的大院坝里，也都建起了两层楼的房子。寨门口老少乡亲们刷洗裤袜鞋子的堰塘水被抽干了，堰塘坎上的五棵大柳树，连根拔除了！我惊问：大柳树呢？乡亲答：树根里出了虫子，只得忍痛砍了。现在正想方设法铺自来水管，把清澈的山泉水引进寨子。

砂锅寨又没变，寨路还是这几条寨路，一家一户的小院坝，除了比当年陈旧一点，可以说面貌依旧。连一张张熟悉的脸庞，尽管添加了皱纹，我都还喊得出名字。我在寨子上居住过的泥墙茅屋，连屋基都难以辨识了。大水冲毁了茅草屋之后，我曾经栖身的土地庙还坐落在那里，我借住过的老乡家的二层小阁楼，模样儿一点没变，连那些楼廊上的栏杆，也还搭着娃娃的尿片，仿佛我昨天刚刚离开一般。年近八旬的老房东当年常对我说：坡是主人人是客。对于砂锅寨，对于砂锅寨周围的山山水水，我现在真正地成了一位客人。对于历史，对于大自然，我们这些匆匆活过一回的男女老幼，芸芸众生，不也是一个客人嘛！

摄影记者在“啪嗒啪嗒”地照相，他仿佛对寨子上的一切都有浓郁的兴趣。电视台记者在采访，在挑选镜头，他们问老人，也问娃崽，他们还把镜头对准寨子外面的树林田野。我站在一边，心潮翻滚地面对着越拥越多的乡亲们，机械地回答着他们的问候，我想对他们说，三十年了，三十年前的一切，恍如眼前，历历在目。三十年后的今天，我特意挑了这么个日子，又来了。我是来了却时常悬在胸口的心债的，我是来又一次回味逝去了的青春的。我还想告诉所有的人，下过乡的知青和不曾下过乡的年青一代，岁月不是空白的。

砂锅寨是我插队落户的寨子。我的青春，我的艰辛繁重的劳动生活，我那漫长的知青生涯，包括我的憧憬、我的追求，甚至于我的爱情，都是从这里开始的，都是从偏僻山乡的崎岖小路上一步一步迈出去的。这就是我重访砂锅寨的意义。

黄果树瀑布群落

由于照片、挂历、电影、电视画面的影响，说起黄果树瀑布，人们会很自然地认为它就是那么一副银浪滔天、壮观雄伟的面貌，仿佛它就只有那么一个固定的角度。殊不知黄果树瀑布可以从各种不同的地势和方位观赏，俯视、仰望，远观、近看，在分列左右两侧的山坡上经久耐心地瞅，滋味会各有不同。而更应该告诉世人的，则是黄果树瀑布并非仅只一挂，实际它共有九挂。如今众人看到的，仅仅只是交通最为便利、最易到达、适宜观赏的一挂。

还是我在20世纪60年代末插队落户时，有位同学在黄果树所属的镇宁县插队，寨子离今天旅游者看到的黄果树瀑布只有四里地，去看这位同学时，他就介绍，其实黄果树有好多挂瀑布，都很好看。那个年头年轻，虽然穷得没几块盘缠，倒也兴致勃勃地去跋山涉水，名副其实的“穷白相”。后来我写小说，写到一个叫“瀑布大队”的地方，取的就是那回经历中看到的景致。

这么说绝非想证明瀑布群落是我们那时发现的。山乡里的老农嘴上常挂这么一句俗语：山坡是主人是客。大自然的山水景物原本就存在那里，匆匆如过客的人类，只不过是它那博大怀抱里一种客人罢了。要说发现，世代栖息在北盘江两岸的各族山民早就发现了。

硬要以文字记录、向外界宣传来算“发现”，那也轮不到19世纪的90年代，早在《徐霞客游记》中，我们这位老前辈的老前辈，就已记述过黄果树瀑布上游一公里处的陡坡塘瀑布：“遥闻水声轰轰，从陇隙北望，忽有水自东北山腋泻崖而下，捣入重渊，但见其上横白阔数丈，翻空涌雪，而不见其下截，盖为对崖所隔也。”（《黔游日记五》）所谓白阔数丈，今天计算出来是顶宽105米，而高则是20余米。这挂瀑布，是黄果树瀑布群落中瀑面最宽的。

黄果树瀑布下游2公里处，挨着一个叫滑石哨的布依族寨子，有一挂瀑布叫螺丝滩瀑布，以其滩面的逶迤之长而取其名。螺丝滩瀑布高30余米，而整个滩面逶迤长达350米，清澈明亮的水流哗啦啦欢笑着淌来，甚为壮观活泼。

熟悉内情的贵州人当向导，在游览黄果树瀑布时，顺便让车往上行1公里、下行2公里，便把这两个瀑布一起玩了。

整个黄果树瀑布群落，则成树枝分叉状坐落在北盘江支流的白水河、打邦河、灞陵河、王二河上。

多级多层的滴水潭瀑布，在黄果树西侧7公里处。贵州人称最上一级瀑布为连天瀑布，当地乡民称其为鸡窝田瀑布，中间一级叫冲坑瀑布，最下那级就叫滴水潭瀑布。滴水潭瀑布的名声也已很响，几可与黄果树瀑布、赤水的十丈洞瀑布相媲美。这三级多层瀑布的总高度有400多米，其中滴水潭瀑布也即当地人喊惯了的高滩瀑布，高130米，中间的冲坑瀑布高140米。远远望去，那飞流直下的白沫雪浪恰似一位身披白色连衫裙的天使，时而以轻捷的脚步奔跑下来，时而似将白裙掖紧收拢，显得窈窕颀长，时而又潇洒地将白衣白裙坦然抖开，直瞅得人叹为观止，目不暇接。

滴水潭瀑布离黄果树仅 7 公里，除了地势偏那么一点，它实在可与黄果树瀑布、陡坡塘瀑布、螺丝滩瀑布相映成趣。

从黄果树下行 30 多公里就到达惊涛骇浪拍岸、雄壮豪气冲天的关脚峡瀑布，这一挂瀑布在打邦河上。打邦河已经数次进入我的小说了，只不过有时候它是以谐音的形式出现罢了。这一条打邦河汇聚了上游白水河、王二河、灞陵河、断桥河等水流，无论水势水量都是最大的，因此，关脚峡瀑布的气势自然就更急遽凶猛一些。陡然跌落的河水形成三折共一百二三十米的瀑布，被文人墨客们称为“豪中豪”之瀑。

和黄果树瀑布同样为一奇景的天星桥岩溶风光，是贵州西线风景区的又一美妙佳景。深藏于天星桥暗河入口处的银链坠潭瀑布以奇秀著称，它既不高大雄壮，又不气势骇然，10 来米高的水帘，泼散下来，均匀自在，纵情坠流，活似千千万万条闪烁光芒的银链，淙淙潺潺、叮叮咚咚、喧声嚷嚷地坠入溶潭之中，永无止境。有人说它似瀑布群落中的抒情小诗，又有人说它似淡淡的水墨画，令人回味无穷。

游黄果树的客人，必去安顺龙宫。龙宫的溶洞、伏流，早已闻名遐迩，这里的龙门瀑布，高 30 多米，声若巨钟轰鸣，势如排山倒海。龙门瀑布系地下瀑布之冠，到目前为止世界各地发现的溶洞中，还没见到这么大的地下瀑。

黄果树瀑布群落，有大小瀑布无数。我所提到的九挂瀑布，堪称是黄果树瀑布群落中的精华。其实，贵州西线风景区包含的内容岂止瀑布一项。布依族村寨中的典型——石头寨、千年的古榕树、诸葛亮七擒孟获的遗迹、苗族蜡染、古驿道，还有天星桥岩溶风光、地下龙宫和被人称为戏剧活化石的傩戏，组成了一系列多姿多彩的旅游资源。作为一个在那块土地上栖息了二十一年的异乡客，我想我还是有理由邀大家前去一游的。

要说明的是，我写下的这篇文字不是导游文字，也不是按导游顺序写来，只是凭自己在那块土地上的生活感受和记忆信手写来。如你遇上一位导游姑娘，她会把这一切给你介绍得十分动人。

去看看吧！

黄 果 树 的 歌

25年前，我刚从贵州调回上海工作，写过一篇《黄果树瀑布群落》的小文，告诉上海读者的是，黄果树不仅仅是那一挂人们常在照片上看到的大瀑布。有名有姓的瀑布，对外开辟成景点的，就有九挂。而一般游客，去一趟贵州不容易，从省城贵阳挤出一整天时间，清早出门，游完黄果树大瀑布主要景点往回赶，也得天黑下来才能回到旅馆，是顾不上看其他群落的。故而和黄果树有关的其他话题，我就没有展开写。

25年过去了，到贵州去旅游的客人越来越多，尤其是夏日，爽爽的贵阳以它独特的气候条件，吸引着海内外的众多客人。贵州的老同事、熟人、文坛朋友们不止一次地告诉我，你要来，或是介绍朋友们来，一定要提前几周跟我们说，要不，好一点的旅馆都找不着。是啊，到了贵州的客人都要去黄果树走一走，看一看，回来之后就会盛赞黄果树的景观，啧啧称道龙宫的奇妙，漩塘的美丽，天生桥的让人流连忘返……听着他们的评介和赞美，我自然高兴。高兴之余我又发现，他们看到的黄果树瀑布景区，还只是表面上的，浮泛的，一掠而过的。这自然无可厚非。但是作为亚洲最大的瀑布，黄果树的来历，黄果树的历史，多少世纪以来的变迁，以及蕴含的文化品位，都是该知道一二的。

我在《到多伦多会“情人”》一篇散文中，写到美加边境的尼亚加拉大瀑布时提到一个细节，19 世纪的英国作家狄更斯游历过尼亚加拉瀑布，细读他留下的散文，会发现他当年看到的尼亚加拉瀑布，和我们今天看到的尼亚加拉大瀑布是不一样的。他曾经站立过的地方冲刷成了河床，他不可能登上观光电梯，他体验不到穿着塑料雨衣、坐着游艇冲击大瀑布的欢乐和惊险，他也没福气坐在旋转餐厅里边喝咖啡，边远眺大瀑布的气势，他那个年代没有汽车，他是坐着马车去往尼亚加拉小镇，结果绕着河岸观赏瀑布景观的……

说这一节，只是想说明，景点也是会随着时光而变迁的。我的这一篇时隔 25 年写下的小文，就是想告诉读者一些去过或没有去过黄果树的人所不知道的大瀑布逸事。

黄果树瀑布没有黄果

第一次去看黄果树大瀑布，是在 20 世纪 70 年代。农闲时节，和几个知青伙伴相约着，搭乘带篷的卡车去的。一截一截赶路，那个年头又没有今天人所喝的纯净水、矿泉水，有知青说，到了黄果树，买几只黄果来吃，解解渴。

贵州老乡所说的黄果，就是橙子和柑橘，我们想当然以为，到了黄果树，黄果一定比别处的便宜，可能满街小摊上都能买到。

来到面对大瀑布的公路边，壮观的大瀑布是见着了，路边零星的小摊上，一只黄果也没见着。那个年头，没设景区，也不要门票，南来北往的车子，停下来就能观景。

渴得受不了的知青就哇哇大叫：奇了怪了，大名鼎鼎的黄果树，买不到一只黄果。

老乡笑道：那是你憨，黄果树从来就没黄果。

我问：这又是为何？

老乡看我一脸认真，也答不出个所以然。

后来我多次去往黄果树，有几次还和作家们就在大瀑布附近住下来，终于解开了这一谜团。黄果树这条河，古时称白水河。白水河两岸，不产柑橘和橙子，倒是有不少榕树。当地的各族老百姓把大榕树称为黄葛树，故而在明朝之前，黄果树瀑布叫白水河瀑布，亦称黄葛树瀑布。

由于黄葛树和黄果树音同，在贵州话里叫法几乎一样，久而久之，老百姓习惯成自然，黄果树瀑布的叫法就传开了。

清朝同治年间，约定俗成的叫法写上了史志，大众战胜了小众，黄果树瀑布的叫法就固定下来，传播到全中国、全世界。正如同唐代诗人白居易是以通俗易懂的诗为人们所知的一样，最终成了中国文学的典型代表，李、杜、白千古流传。黄果树瀑布的名称，也因通俗而为历史所认同。

黄果树和徐霞客

早在童年时代，我就听说过黄果树，而且还说，最早在书中记下黄果树瀑布的，是旅行家徐霞客。

在贵州生活久了，时常翻阅史志、地方志，我弄清了，最早记录下黄果树瀑布景观的，是明朝弘治年间的《贵州图经新志》。徐霞客到贵州游历时，是明朝接近衰亡的 1638 年，习惯称法是崇祯十一年。那是春天，四月二十三日，徐霞客在他的《黔游日记五》中写道："遥闻水声轰轰，从陇隙北望，忽有水自东北山腋泻崖而下，捣入重渊，但见其上横白阔数丈，翻空涌雪，而不见其下截，盖为对崖所隔也。"根据他的描写，当代人发现，徐霞客记下的是今天黄果树大瀑布上游一公里处的陡坡塘瀑布。这挂瀑布，是黄果树瀑布群落中瀑面最宽的，当代人测量出来，顶宽足有 105 米。

徐霞客对黄果树大瀑布也有一段更详细的描绘："透陇隙南顾，则路左一溪悬捣，万练飞空，溪上石如莲叶下覆，中剜三门，水由叶上漫顶而下，如鲛绡万幅，横罩门外，直下者不可以丈数计，捣珠崩玉，飞沫反涌，如烟雾腾空，势甚雄厉，所谓'珠帘钩不卷，匹练挂遥峰'，俱不足以拟其壮也。"

在《黔游日记》中，徐霞客对瀑布还有描绘。自他以后，历代文人都写过诗文赞颂过大瀑布，清代画家邹一桂还曾绘制过《白水瀑布图》，留存在世上。

今天的黄果树人，为感念徐霞客，在风景区内塑有徐霞客的纪念像。

黄果树大瀑布的传播，除了徐霞客和一些文人的描绘，还得益于这么两件事。

其一谓民国时期，1930 年编定的教科书上，有一篇描写黄果树的课文，让读书人都晓得了贵州的黄果树大瀑布。

其二是 1936 年，滇黔公路通车，从云南到贵州、从贵州去云南的汽车上，都能看到公路边壮观的大瀑布真貌，人们无不惊叹，啧啧称道，不忙于赶路的车子还专门停下来观赏，于是乎，见过大瀑布的人们口耳相传，大瀑布的美景也随之名扬四方。

大瀑布的“痛”

黄果树瀑布的名声如此之大，但是它至今也未被评上世界自然遗产，不能不说这是大瀑布的“痛”。

进入新的世纪以来，贵州黔南的荔波，黔东南的云台山，都先后被评为世界自然遗产。而名声远远大于这两处的黄果树瀑布，却至今未申报，这又是何故呢?

22 年前的 1992 年，黄果树兴致勃勃地要像其他全国著名的景点一样，准备“申遗”了，而且还把考察组请了来，结果事与愿违。联合国教科文组织的专家对黄果树考察之后，留下了一段评语：“黄果树是亚洲最有影响的大瀑布，但同时人工痕迹太重，生态环境太差，建议暂缓申报‘世界遗产’。”

人家说的是大实话。

黄果树得反省了。联合国派来的专家桑塞尔、卢卡斯在黄果树待了三天，在座谈会上，他们对黄果树申遗所做的大量工作和努力作了肯定，尤其是对景点的科学价值、美学价值以及喀斯特演变的重要例证的存在，对大瀑布、水帘洞、天然盆景园、天星洞、银链坠潭瀑布、水上石林等景点，更是看得十分高兴，不时露出笑容，伸出大拇指。

但是，车过半边街时，两位专家都叫停车下来，不停地拍照。通过翻译，人们了解到他们说的是：景区过多地修建人为建筑是不对的。

这不对之处，包括黄果树发电站，包括在建的电站培训中心，包括溶洞的灯要安装隐蔽，不用彩灯……

半边街是最大的软肋。黄果树大瀑布飞溅而弥漫的水珠、水沫和雾露，使得它的一侧山坡，终日笼罩在朦朦胧胧的湿重雾气之中，以至这边半山坡上的植物一年四季绿茵茵、鲜亮亮的，看去十分诱人，亦成了黄果树的一景。相反，对着大瀑布的这半边山坡，既不会受到弥散而来的水雾水汽的影响，更是眺望黄果树瀑布的最佳位置之一。周围团团转的老乡，就到这里来摆摊设点，出售米粉、面条、包子、李子和各式的乡间小吃，特别是1982年，黄果树正式设立景区，修建了旅游观赏小道、公共厕所、宾馆设施，收取两角钱一张的门票。来自全国各地的游客越来越多，老乡们干脆就在这一最佳观瀑点修建起一个个饭馆、面铺、旅舍、茶馆、摄影点，逐渐形成了一条街。由于所有的建筑都修在这半边，人们自然而然把这条喧嚣、热闹、零乱、嘈杂、卫生条件也差的街子称作半边街。

桑塞尔、卢卡斯两位专家，显然也对这条天天要路过的半边街留下了深刻的印象，拍下不少照片。到了北京之后，他们实话实说，提出了“暂缓申报”的建议。

这给热切期待着申报遗产的黄果树人不啻当头浇了一桶冷水。

冷静下来想想，人家也是在为黄果树大瀑布着想，因为按照规定，每处景点只能申报一次，若被“世界自然遗产联盟”的21个常务理事国否定，便永远不能再申报了。

有什么办法呢，贵州省建设厅和国家建设部只得撤回准备了好久的申报材料。争取治理好了环境再申报。

这件事，不能不说是黄果树大瀑布的“痛”。这一痛，就痛了二十多年。

今日黄果树

要写今日黄果树，得从我的一首小诗写起：

艳阳丽日黄果树，古时驿道成新路。

七色彩虹迎瀑布，诱人绿坡拂雾露。

这是今年盛夏时节，我陪友人游览黄果树时即兴写下的。那天阳光灿烂得带上几分喜气，黄果树的绿荫在蓝天白云的辉耀下片片叶子都泛着亮光，我们顺着浏览黄果树的最佳线路，从陡坡塘瀑布这里往下行。

这条线路，当年是五尺宽的古驿道。徐霞客那年春天，就是沿着这条古驿道，循声看见了陡坡塘瀑布景观的。他的原话是“瀑声震天，十里相闻”。这样的古驿道不常见了，景区把它们保护了起来，另外为游人们修了木质的栈道。

没有人想得到，这里曾是小摊林立的“半边街”。

沿着栈道漫步而行，白水河坦荡宽阔的流水逐渐收窄，水势悄然地形成一股丰盈膨胀的急流，湍急起来，迅捷起来，往前奔腾而泻。

凝神观赏，游客不难发现，黄果树大瀑布的壮观气势，就是从这里逐渐蓄积起来的。

几十年里，我浏览过几十次黄果树了，阴雨天到过黄果树，大晴天到过黄果树，白天来过黄果树，夜间看过黄果树，春秋天游过黄果树，大雨天赏过黄果树如洪如涛的暴怒模样，黄昏时分走近过大瀑布，清晨散步时远眺过黄果树……有一次，安顺市电视台现场采访我，甚至就以黄果树大瀑布做的后景，我时常对远道而来的朋友说，观赏大瀑布，有多个角度，可以自上而下看，也可以由下而上仰望，更可以左看、右看、前看、后看。这样，才能真正领略大瀑布的风貌和神采。今年修筑的这一条游客栈道，就是顺着古时驿道的走势，为所有客人提供多维感悟观赏大瀑布的移动场所空间。一路走来，过罗洪桥（徐霞客游记中的白虹桥）美军抗战浮雕、霞客亭，不知不觉间就到了挑水河边。

白水河的这一截水面，之所以称它挑水河，是因为古时两岸的苗族、布依族百姓，天天到这里来挑水饮用，其水质清冽澄亮，喝来甘甜爽口。挑水河的下游一侧，便是洗衣河，是少数民族妇女洗衣裳的地方。“男挑水来女洗衣”，互不干扰，互相不到对方的区域去。正是受此启发，我小说中虚构了“太阳潭”的地名。

走过挑水的栈道，便是风雨长廊了，游客在此小憩时，就能看到右边的榕树园区。最早听说黄果树由黄葛树演变而来的典故，就是这附近村寨上的老人告诉我的。

在挨近观赏黄果树大瀑布之前，有一座哥特式的石砌尖顶小教堂，建成于 1899 年，算得有一百多年的历史了，不能不提。前面我多次提及的半边街，是抗日战争中著名的史迪威公路的必经之路，抗战中美军的运输兵到达黄果树之后，必须在这里休整。一是观赏黄果树大瀑布放松心情，二是进小教堂作心灵的洗礼，三是再往前走就要过“二十四道拐”的险峻地势了，那可是日军飞机重点轰炸的地方，得确认安全、道路畅通才能前往。栈道旁建有美军抗战浮雕，就是为了纪念这一段历史。

让我惊喜不绝的是，来到黄果树大瀑布跟前，自上而下俯视，我看到了七色彩虹，在犀牛潭山水之间迎着雪浪般的瀑布飞涛而横跨，一道一道又一道，竟然是整整三条！

我也笑了。

是啊，几十次地来过黄果树，我还是第一次看见三条彩虹为大瀑布系上锦带。

我情不自禁地写下了这首小诗。回到上海以后，细细回味，仍然意犹未尽，我欣然写下了这一篇《黄果树的歌》。

后 记

48 年前，1970 年秋天那个清冷的早晨，6 点刚过，我和一起插队落户的妹妹，在久长人民公社所在的那条十字街口，坐上了一辆卡车，准备去往黔东南的苗岭腹地，大山深处，去修筑贯通湖南和贵州的那条铁路——湘黔铁路。

带队的干部说，我们去往的目的地，是黄平县谷陇区重安江畔，具体的地点是哪里，还不清楚，因为要在到了那里之后，看了地形，才能决定我们连队炊事班的锅灶搭建在哪处，我们居住的工棚修在哪个坡上。一切都茫无所知，但是我们仍然唱着那首后来传遍了全省上下的歌曲，歌声昂扬而又欢乐："铁路修到苗家寨，青山挂起银飘带……"

我们那时的建制是安顺民兵师修文民兵团三营十连，十连的 180 多个男女民兵，来自我们久长人民公社。550 里地，整整在卡车上颠簸了十三四个小时，我们才在黄平县城吃上晚饭，进入旅社住下来。那一天的旅途，几乎把我们的骨头架子都颠散了，到了黄昏时分，所有的男女民兵，包括乡间的姑娘小伙、男女知青，都在卡车上依着行李铺盖，东倒西歪地躺下了。一整天里，我真切地体会到了贵州山水的遥远、道路的弯拐难行。

2015年12月31日，一条消息从贵州传向全国各地，全省上下88个县、区、市，都通了高速公路，贵州成为全国第三个县县通高速的省份。也是在这一年，我坐着高铁从上海到贵阳，上午8点22分发车，傍晚5点40分抵达，只花了9个小时多一点。比起1969年第一次进贵州，整整坐了56个小时的火车，时间减少了47个小时，近2天，心中真是感慨万千。

2014年12月31日，我在《人民日报》上写过一篇小文：《思南，66岁的心愿》。说的是我66岁这一年，走进了贵州省的第66个县。我说的走，是必须要在这个县里面居住过一晚上，路过的不算。我在这篇文章里说，随着年龄的增长，也许我不能把88个县都走遍了。高速和高铁的贯通，一下子提升了我的信心，现在我已走进了75个县，我在想，走遍88个县的心愿，也许还是有可能实现的。

纵横贵州，走遍全省，沿途各地，有感而发，我写下了七八十万字和贵州有关的散文、随笔、小品、诗歌。诗歌编进了《叶辛的山水情韵》一书。散文随笔经过了两度编选，我先从七八十万字中选出了四十万字，再请友人从四十万字中选出不足二十万字的这一本《我的山乡情》。友人不是贵州人，我请他从一位外省人的角度和纯文学的角度，严格挑选。他说，我尽力而为地选了，不少读来颇有味道的文章，只能忍痛割爱了。

愿读者朋友能从这本选了又选的集子中，读出一点韵味来，那是我对贵州高原的乡情和乡愁。

2017年元月20日晨7时